一見你就笑

在邵逸夫
身边的那些年

蔡　澜——著

苏美璐——绘

青岛出版集团 | 青岛出版社

图书在版编目（CIP）数据

在邵逸夫身边的那些年 / 蔡澜著. — 青岛：青岛出版社，2024.2
ISBN 978-7-5736-0222-0

Ⅰ.①在… Ⅱ.①蔡… Ⅲ.①散文集 – 中国 – 当代 Ⅳ.①I267

中国国家版本馆CIP数据核字（2023）第186569号

ZAI SHAO YIFU SHENBIAN DE NAXIE NIAN

书　　名　在邵逸夫身边的那些年
作　　者　蔡　澜
绘　　画　苏美璐
出 版 发 行　青岛出版社（青岛市崂山区海尔路182号）
本 社 网 址　http://www.qdpub.com
邮 购 电 话　18613853563　0532-68068091
选 题 策 划　贺　林
责 任 编 辑　贺　林　李文峰
特 约 编 辑　侯晓辉
装 帧 设 计　蒋　晴
照　　排　蒋　晴　马　倩
印　　刷　天津联城印刷有限公司
出 版 日 期　2024年2月第1版　2024年2月第1次印刷
开　　本　32开（787mm×1092mm）
印　　张　9
字　　数　100千
书　　号　ISBN 978-7-5736-0222-0
定　　价　58.00元

编校印装质量、盗版监督服务电话 4006532017 0532–68068050

目 录

·1·

邵氏片场

邵氏片场

　　我在社交平台上看到一张照片，心情真的可以用百感交集来形容。照片上是邵氏影城的主要建筑，建筑外墙像一个老去的巨星剥脱了妆容。如果邵逸夫先生看到了，怕也会像西洋人形容的那样，"在坟中翻个身"吧。

　　因家族关系，我从小就认识邵先生，后来自然而然地跟随着他，在他身边做事至少有三十年。关于这个"邵氏电影皇朝"，我有讲不完的故事。

记得有一次，我和金庸先生夫妇乘车在意大利旅行，为了解闷，我就跟他们俩聊起邵先生的事，不知不觉谈了好几天，他们俩听得津津有味。我知道，我所说的事情，他们是不会告诉别人的，所以并没有保留，但在此前，对外我从未公开过。

现如今，故事中的各个人物走得七七八八了，我的记忆也大不如前，是时候把还记得的事写下来了。我自然不必有什么顾虑，反正都是真正发生过的事，没有添油加醋。说到底，事实是最有趣的，这段历史如果不被记录下来，将会被永远地埋葬。

说回到照片中的那座建筑。在那段光辉的日子中，在大门的侧边路上常常泊着多辆汽车：有邵逸夫先生的劳斯莱斯，有小生们各种型号的跑车，有女明星的奔驰。另有多辆福士九人座小巴士，这是来往于清水湾和市区的主要交通工具，在 20 世纪 70 年代的香港非常流行。这种小巴士票价便宜，载人多，虽然缺少冷气，但也从来没有听人抱怨过。

门口是接待处，有位电话接线生守着，对面有一排沙发用来给来访者稍做等待。二楼就是邵逸夫先生的办公室。他在其家族的同辈中排行第六，我通常称呼他"六先生"。我不肯像别人那样叫他"六叔"。非亲非故，何必谄媚？

六先生喜欢电影。对电影，他是真正喜爱的，并不像邹文怀先生那样只是把电影当作事业。六先生一有空就往他办公室旁的试片室里钻，那里有一个专门为他放映影片的职员，名字叫阿邦。阿邦对邵先生非常忠心，住在宿舍里，随传随到，可二十四小时为六先生服务。

试片室外挂着一幅巨大的溥心畬的山水画，当时没有人懂得欣赏，更没有人想去偷。放到现在，这应是价值连城的作品了吧。

再爬到三楼，就是餐厅了。当年影城中有三个餐厅，一个在大厦的三楼，一个在摄影棚中，一个在第一宿舍旁边。三楼餐厅里的来客大多是鼎鼎有名的演员和导演，如果能坐在其中，是何等荣耀的事情。

六先生在六七十岁时还是很健壮的，又因常练太极拳，所以一口气从大门登上三楼，一点儿也不气喘。他还常笑那些有了名气的导演，走了不到三步路，就像要了他们的老命一样。这里所指的当然是张彻，张彻的原则是能不动就不动。从影城中的宿舍到摄影棚的短短路程，他常乘他那辆法国雪铁龙轿车代步，连几步路也不肯走。到了晚年，他的腰已弯得不能直起来了，实在是一个令人悲哀的状态。

　　但他留给我的第一印象完全不是那个样子的。当年，他还是一个"阿飞"，前额留着一缕打着钩的头发，还时常用手去卷。张彻很注重仪容仪表，身上的衣服总是同一个色系的。有时，他还把打火机放在桌子上，指着他的袖扣和打火机给人看——出自同一个品牌，同一个设计师。

　　我还没有被正式调派到影城之前，只到过那里两次。

　　第一次，我从新加坡乘飞机来香港，计划再由香港坐邮轮到日本。到达香港时，我第一次走进了邵氏大厦三楼的餐厅，那经历简直像刘姥姥进了大观园。整个餐厅布满了各种人物照片，时装的和古装的。当年，邵氏的电影对历史的考证并不严格，不管是什么朝代的服装，都叫古装，而在某个时间点之后的都叫时装，现在看来可笑得很。

那些嘴里叼着大雪茄的，就是导演了。导演得有导演的样子，不戴着个贝雷帽，不叼个大雪茄，形象就不行了。还好，他们没有把麦克风拿在手里。最有代表性的是岳枫导演，他常咬着个大雪茄，咳嗽个不停。

大明星也来用餐，但他们不点餐厅里面的菜。有两三个当跟班的婆娘跟着他们，拿着好几个食盒，一盒盒地把不同的菜肴拿出来，请导演们一起吃。其他工作人员，包括临时演员，都不会到这栋大厦的三楼餐厅用餐。

我在日本半工半读期间，在很短时间内学会了制片，在那里负责邵氏所有拍摄团队到日本拍外景的工作。那时候，凡是有雪景场面的片子，都到日本拍，所以我也就认识了岳华和王羽。

我第二次来邵氏影城时，他们两个刚好都在拍戏，看到我后，都坚持收工后请我吃饭。我左右为难，不知道和谁去好。当年，他们俩都年轻，血气方刚，争执之下就大打出手起来。当时的情景，也不像电影里那么拳来脚去，只是互殴，后来他们干脆扭成一团，跌到沟渠里去了。好在当时没有记者在场，否则此事被报道出来一定会成为笑话——我宁愿有两个女明星为我吵架。

我写这篇东西，扯东扯西，并没有严格按照年份，也不分次序。自从昆汀·塔伦蒂诺出现之后，电影也可以"乱剪"了。我的记载，也就是想到什么就写什么，最后如果能辑成一本书，那就是大喜事了。

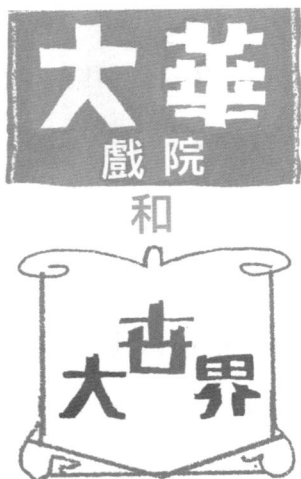

大华戏院和大世界

　　我们一家与邵氏兄弟渊源深远。家父蔡文玄到了南洋①之后就受聘于邵氏，当中文部经理。说是经理，其实是"一脚踢"，总之任何有关中文的事他都得处理。

　　父亲为人温文尔雅，虽然帮人打工，但不卑不亢，

_____

①南洋：指东南亚地区。

这个"传统"留给了我，我做事也是持同样的态度。我们一家是文人家庭，也有文人的骨气。

自从记事开始，我就知道了这家叫"大华"的戏院。当年由邵氏负责发行电影，父亲便当了戏院的经理。我家就在戏院的三楼，一走出门便能看到电影的银幕，我可以从早到晚地看电影。

戏院是在 1927 年由槟城富商余东璇（1877—1941）所建。余东璇是广东人，受环境影响，从小就对粤剧非常感兴趣。传说，他的第三个妻子也会唱粤剧。有一次，她去牛车水听戏却遭人拒，回家后向先生告状，余东璇一气之下在新加坡的牛车水买了块地，兴建自己的戏院——"天演大舞台"，请了当时英国著名的建筑家士旺和麦肯林进行设计。

戏院的外观，最显眼的是那五个粤剧人物的图案。

余先生千方百计、不惜工本，安排人根据人物造型在中国烧制瓷砖，运到新加坡后再一块块地嵌起来。那五个粤剧人物图案至今还在，因为是用瓷砖嵌成的，不会生苔，当然也不褪色，历久弥新。各位如有机会到新加坡，不妨顺道去看看这座历史性的建筑物。

1941年，我在戏院的家中出生。据我姐姐蔡亮回忆，我是由接生妇在家里接生的。我三岁时，最初的记忆是每天走出门来看电影。

从我三楼的家走出来，就是一个包厢式的露台，边缘有个石头做的栏杆，相当宽阔。我沉迷于看电影，困了就在那大栏杆旁睡觉，一不小心就会掉到楼下去，好在命大，没有发生过灾难。

后来，因战争到了尾声，英国的飞机前来轰炸。由于大华戏院目标大，避免不了被轰炸的命运。一颗大炸弹就落到了我们的屋顶上，好在没有爆炸。但炸弹一直卡在屋顶上也不是办法。怎么办？此时竟有日本士兵前来拆除。他们小心翼翼地把炸弹锯开，取出了撞针。炸弹被搬走前，在家父的请求下，他们把炸弹尾部的翼子留了下来。父亲到玻璃匠处定做了一块大型的玻璃镜面，铺在炸弹翼子上，做成了我家的饭桌。

我三岁生日那天，英国空军又来轰炸了，当时妈妈刚好煮了一碗面给我吃。按潮州人的传统，生日要吃用甜汤煮的面，面上还要放一颗鸡蛋。这鸡蛋蒸熟后剥壳，再用一张写挥春的红纸染红。

当时，我刚把蛋白吃掉，突然听到警报声大作，大家都慌忙逃往防空洞去避难。那个被我故意留到最后才吃的蛋黄，实在太诱人了，我忍不住一口吞下。

慌乱之中，蛋黄卡在了喉咙里。如果不是爸爸从我背后大力拍打，让我把蛋黄吐出来，我便会被那颗蛋黄噎死了。从此，我一生只吃蛋白，绝对不去碰蛋黄。

新加坡被日军统治期间，六先生也被抓进过黑牢。有一次他告诉我："人没有想象中那么脆弱。我被关进牢中七天七夜没有东西吃，也没有水喝，但是死不了。"我听了半信半疑，但也不好意思去问真假。

日本人知道要安定民心，总得给人以娱乐的空间，于是把六先生放了出来，将戏院交由他去管理。大家会问，在那痛苦的日子里还会有人有心情去看电影吗？说来奇怪，人心越是恐慌，人们越是愿往戏院中钻。

六先生膝下有二子二女，其二女儿和我同月同日生。她还记得，小时候没有学校读书，他们几个兄弟姐妹都是由我妈妈当家庭老师来教导的。在战乱时期，

女性往往更为坚强。那时，邵氏已发不出薪水，我妈妈负担起全家的开销，有时还会到郊外采集各种野生杧果。那些杧果又硬又酸。她把这些杧果用糖醋浸了，切成一片片的，拿到路边叫卖，也赚了不少钱。

当年，客人买东西用的是日本统治者发行的纸币。我记得那种纸币背面印着一棵香蕉树，树上结了一大串香蕉，人们都叫它"香蕉纸"。尽管这种纸币的纸张和印刷技术都很粗糙，也很容易作假，却没人去做。

因为我们家有收入，父母的许多朋友都来借钱。日本人投降之前，没有人来还钱；待日本人投降后，大家都背着一大袋一大袋的"香蕉纸"来还钱。

妈妈看着那一大堆的"香蕉纸"哭笑不得，就拿来给我们当玩具。我们把一张铺平，一张折叠，一连串地做成了一条条纸龙，乱踢一番，哈哈大笑。

新加坡光复后，父亲继续为邵氏打工，我们家搬到一个叫"大世界"的游乐园中。父亲花了六十块钱搭了一间木屋，称之为"六十元居"。

"大世界"的概念来自上海，邵氏兄弟想家但归不得，就在新加坡买了一块地，依照上海游乐园的蓝图建起游乐园来，里面先有电影院，接着是舞厅，然后有真人表演的舞台、商店等。战后，人们都要娱乐，"大世界"的生意滔滔，于是邵氏又陆续建起了"新世界""娱乐世界"，等等。

父亲当了"大世界"的经理，我就在那里长大。当时没有学校，一群左派人士就在娱乐场之中秘密组织，像打游击一样，将这间戏院、那间舞厅当成临时教室，让孩子们有地方上课。六先生很乐意借出这些场所。

我记得最清楚的第一堂课，教的内容是"咱们都是中国人"，这个"咱"字我还是第一次见。六先生后来也提起过此事，他建立学校的愿望，也是在那时埋下的种子。

三先生

三先生

　　念初中时，每到周六我常到父亲的办公室里去，等他中午放工（下班），一起去吃饭。

　　那是一栋三层楼的建筑，位于新加坡罗敏申路，是邵氏公司的办公场所。一楼是发行部，堆满了等着输送到各家戏院的一盒盒圆形铁盒（胶片）。

　　父亲说，那叫拷贝，是由英文的"copy"一词音

译过来的。一个铁盒中装了一卷一千英尺①的底片，每部电影大概有八千英尺。经过发行部，有个楼梯，爬上去便是二楼的中英文职员的办公室，家父就在那里工作。

楼梯旁边的墙上，挂着一幅巨大的照片，已有点儿发黄，那是邵逸夫先生和他哥哥邵仁枚先生在上海影楼拍的照片。邵仁枚先生在邵氏家族中排行第三，大家都叫他"三先生"。

真是奇怪，两位已经成年、穿着西装的人，还像小孩子一样，弟弟坐在哥哥的膝上。在当今，两个男人以这种姿势坐着大概率会被非议的。由此可见，两人的兄弟情谊多么亲密。

许多年后，我又回到邵氏大楼寻这张照片。管理

---

① 1 英尺 = 30.48 厘米

邵氏资料室的是六先生的孙子克里斯托弗（Chistopher）。我问他，能否找到这张照片，他回答没有印象，见也没见过。

我还问他，有无邵先生兄弟们往来的信件，他也说不知道放在哪里了。如果能够被寻到，那将是关于邵家历史的最珍贵的资料了，因为两兄弟虽然见面很少，但从来没有停止过书信来往。六先生来香港发展后，三先生写给他弟弟的信，由家父负责寄送。家父是一个完全能够守密的人，一些事他只告诉了我，他也知道，我继承了他的道德修养，不会将这些讲给别人听。

家父说，他一生从来没有见过感情那么深的兄弟，他们无话不谈，包括最私密的男女关系、健康状况，甚至连最轻微的伤风感冒也谈个不停。

我不问，家父当然也不会提起这些。我是一个不爱谈别人私隐的人，偶尔和家父聊的也是三先生援助他弟弟的往事。在别人眼中，邵氏片场风光无限，但背后也有不顺利的往事。有一段时间，邵氏出品的片子一部接一部地在票房上失利，三先生从新加坡将钱汇过来接济，一笔又一笔，甚至要把房产拿到银行抵押，才能堵上邵氏片场亏空的窟窿。

那种兄弟情可能是前所未有的，已经没有任何事可以将两人的情分拆开。他们之间，还有一个最后的堡垒，那是在日本东京的银行开的一个账户，他们把最值钱的房产地契、钻石和金币都存进了那个保险箱中。那是两人最后的防线，他们互相承诺不会去碰它。

六先生偶尔也会跟我提及他们兄弟的事，如两人最初都在他们的大哥邵醉翁所创的"天一"片场工作。六先生十几岁时已扛着又重又大的摄影机到处去拍新闻片，剪辑之后在正片之前放映。那些新闻片包罗万象，重要的事件或灾难，他都会出生入死地跑去记录下来。

六先生后来又向一位叫徐占宇的摄影师学习，在一部叫《珍珠塔》的戏中负责大部分的摄影工作，可是电影上映时，字幕里自始至终没有出现他的名字。自此，他下定决心离开"天一"公司。

"天一"在上海电影界异军突起，又因名字"天一"有"天下第一"的意思，惹得其他电影公司"杯葛"（联合抵制）。趁这个时机，两兄弟向大哥邵醉翁提出，把《珍珠塔》这部片子拿到新加坡去放映，打开那边的市场。

他们没想到的是，到了新加坡，同样遭受到其他发行公司的"围剿"，没有人肯把戏院借给他们放映电影。于是，两兄弟租了一辆货车，把片子拿到乡下，架起幕布，露天放映起来，结果大受欢迎。六先生常提起此事，自豪得很。

他所有事都亲力亲为，性子又急，在各个地方跑来跑去。因为在新加坡说英语的人多，总得取个英文名，六先生就叫自己跑跑——"Run Run"，而三先生因中文名为仁枚，便也顺理成章地叫"Run Me"，这两个字用上海话读起来也合适。

至于"邵"这个姓氏，英语拼来应该是"Shao"，六先生认为外国人记起来没那么容易，反正大家都知道有个叫"Bernard Shaw"（萧伯纳）的文豪，不如就改成 Shaw 吧。

到了东南亚发展，不会讲英语是不行的，六先生和三先生一起勤学起来，报了一个英文班学习英语。六先生告诉我："最初班里有很多人，我排在第三十五位。轮到我报出姓名时，我忘记说我是邵逸夫，'My name is thirty-five'（我的名字是三十五）脱口而出了。哈哈哈。"

邵氏兄弟有了英文名字，便得有英文招牌。好莱坞大公司有华纳兄弟，招牌是一块盾牌，两兄弟就照抄，也用了一块盾牌作招牌。这样不怕被人说抄袭吗？六先生回答："不是抄，是借用。"

精工小姐

精工小姐

　　我从小就喜欢看电影，在学校上学时也经常逃课，藏身于戏院中。父亲在邵氏当中文部经理，他的抽屉中藏有一本赠券簿。我常冒用他的签名，拿赠券去免费看电影；母亲给我的零用钱，也大多数被我花在看电影上。

　　当年，戏院是国泰和邵氏的天下，我不断地看，一场又一场，看得最多的是好莱坞的片子，因为忍受不了到了一半就唱起歌来的粤语片。

戏院在工作日一天放映六场电影，分别开始于早上十点半、中午十二点半、下午两点半和五点半、晚上七点半和九点半；到了星期天有早场，一大早八点半开场；周末有午夜场，从十二点放映到后半夜。

我有个中学同学叫杨毅，他家里给他买了一辆车，我俩上完一两堂课后就不见人影。学校要求学生穿短裤时，我们的书包里总有一条长裤，换上就跑。

有一年，新加坡发生暴力骚乱，全城戒严，闹得没有公共交通工具可搭乘。我们几个学生就从家里骑了脚踏车出来，到市中心去看电影。生活总离不开电影。

后来，我到了可以出国留学的年龄。家庭没有能力供我到美国学电影，我退而求其次地到了日本。我的印象中，在戏院看过的日本电影，把银座拍得金碧辉煌，东南亚的国家哪有都市能像东京那么明亮呢？

到了日本之后，我也是每天往戏院里钻。那些年是日本电影的"黄金年代"，日本的电影公司每年能制作出几百部影片，一上映就是两部新片，通常有一部是大明星主演的，夹带着另一部小成本制作的，同期放映。戏院没有散场的规定，观众买一张票，只要不走出戏院就可以看一整天。当然，也没有人傻到那样做，除了我。我一进戏院就去买面包，同样的片子看完又看，连续几天，直至看到对白都能背出来。我的日文就是通过那样地狱式的学习而掌握的。无论如何，我都要在尽量在短的时间内把日语学好，因为知道父母供我出国读书不是一件易事。

我上的学校叫"日本大学"。这所大学实在大，

分很多学部。我读的是艺术学部的映画学科，校址在江古田区。在学了几个月后，我便知道学校里教的多是理论，便逐渐失去兴趣。

一天，我接到父亲的来信，信中说六先生指定我担任邵氏公司的"驻日代表"。

什么叫"驻日代表"，要做些什么？我一点儿概念也没有，却硬着头皮答应了，对自己说边做边学。

上一任驻日代表叫吉田修一，他是位绅士，非常友善地把工作一一交接给我。

我最主要的工作内容是掌控邵氏电影的胶片冲印质量。当年的彩色冲印，都要在一家叫"东洋映像所"的地方进行。邵氏将在香港拍好的电影底片寄来冲洗，这里的工作人员再印出黑白片——当时叫"毛片"——寄回香港。剪接师把"毛片"剪好，把上了对白和音乐的声片寄回东洋映像所。日本的技师把彩色底片按照香港寄来的"毛片"剪好,加上声片、底片、字幕底片,一共三条,这样冲印出的电影才叫"拷贝"。

寄来寄去,有时难免会出错。例如影像和声片对错,术语叫"不对口形"——出现的字幕和演员讲的台词对应不上。最主要的还是要看色彩冲印得漂不漂亮。这些都需要我一一检查。

通常,一部电影要冲印十几个拷贝,预期能大卖的要冲印几十到一百多个,分别送到各个戏院放映。

这个工作如果让别人做,怕是看一次就烦了,但轮到认真的我,但凡出现一丁点儿差错我也要怪自己半天,所以每个拷贝我都要看一次,电影情节更是记得滚瓜烂熟。虽然工作沉闷,但是我剪接的基本功也因此打得非常扎实。

我另一个重要的任务是购买日本电影的版权，拿到香港和东南亚市场放映，所以要尽量多地看电影。每次有新电影上映，我都要去看试片。在这期间，我和日本五大电影公司的关系相处得很好，因为我代表买家，他们对我也很尊重。

　　我还有数不完的其他琐碎的工作。如拍动作片，一定要用到假血浆，当年也只有日本的假血浆做得好，不但颜色逼真，而且味道还好，这样大明星们含在口中喷出来才不会觉得恶心。这些假血浆都是从日本运到香港去的。其他的道具，如喷火的枪械，我也全部代为购买。

　　好玩的是，那些电影明星如需要整容的话，我也得给他们服务。因此，我和日本最出名的"十仁病院"（现名"日本十仁美容整形医院"）关系搞得最熟，每年都会给他们介绍很多生意。院长说要回报我，打量了我老半天后说："你的下巴太短，不如送一个下巴给你！"

我听完把他赶走了。

当年，林黛拍《蓝与黑》拍到一半自杀了。没办法，电影《蓝与黑》的后半部分只好由另一个人来做替身。邵氏派了替身演员来整容，结果怎么也整不像。

我还记得有这么一件趣事。那时候长途电话费很贵，通信都用 telex（电报）。我接到一封电报：Please pick up Miss Seiko at airport。

"Seiko"在日语中也可作"性交"的意思——什么？要我去机场接"性交小姐"？！后来搞清楚，我才知道 Seiko 指的是"精工"的意思。工展会选出的"精工手表小姐"是邵氏的演员，她来日本整容，让我到机场去接。

帝国酒店

　　我第一次见到六先生，是在他的生日宴会上。三先生为弟弟开了一个小型的派对，请了些同事参加，我父亲是座上客，把我也带了去。

　　我记得我那会儿大概是十五岁吧，年轻人总是渴望快点儿长大，留了些胡须，唇上有八字胡。六先生看到我的八字胡，笑着说："我几十岁的人，还没有留胡子，你倒留了不少。"

"长大了一定剃掉。"我回答。大概是当时我给六先生留了一个好印象，他一直记得我这个晚辈，后来得知我在日本留学，就跟家父说："他人既然在日本了，不如替我做些事。"

"驻日代表"就因此而来。

我生于小康之家，一直不想让父母为我的学费产生负担，既然有这个工作机会，便欣然接受。

最初做这个工作时，我什么都不懂，先是充当六先生和他家人来东京时的翻译人员。六先生很喜欢吃日本料理，尤其是铁板烧。东京银座附近有一家叫"Misono"的餐厅，是他的最爱，好像百食不厌。

他住在帝国酒店。当年酒店还有 Frank Lloyd

Wright（弗兰克·劳埃德·赖特）设计的旧翼，由火山石搭成的。六先生和酒店经理的关系良好，他一到酒店，经理就会买上两瓶黑牌尊尼获加威士忌送他。当年，能够喝到红牌的尊尼获加威士忌已是难得，黑牌的算是最高级的礼物。这个经理的姓氏，中国人听了总会大笑，叫"犬养"。

通常，六先生是只身前往东京的，偶尔也会带家人。他的太太身材肥胖，是位很仁慈的女士，我们都叫她六婶。六先生很会看人，指着六婶说："我很瘦，命中属木，六婶她属土，我们两人配得刚刚好，哈哈哈！"

六先生虽身为巨富，但还是很节省的，不住什么总统套房，有时住双人房，有时来间小套房。他一进房间，第一件事就是把衣服挂好，要住几天就带多少套西装。西装的料子都是最贵的丝质布料，人们叫"四季装"的那种，春夏秋冬都可以穿。他的内衣内裤也是定制的，全部是用丝绸做的。

六先生吃的也不全是大鱼大肉。他常跟我说："你吃什么，我就吃什么，带我去就是。"

有一次，他吃厌了酒店中的早餐，让我带他去街边吃。火车桥下有一档口卖牛杂，非常美味，我就和他去了。当他吃得津津有味时，火车从头顶经过，"轰隆"作响，架子上的碗碟也被震得落下一个，刚好掉在那一大锅牛杂里面，汤汁溅得他全身都是。即便这样，他也没生气，只是皱皱眉头，也不怪我，轻声说："人家不是故意的。"

偶尔，三先生也会来东京与弟弟会面，开另一间与六先生的房间连通的小套房，两人一聊就聊到天亮，临睡前会打电话告诉我翌日不出门了。

三先生的太太，我们都叫她三婶。三婶样子端庄，可以看得出年轻时是很漂亮的。我从来没见过比她更友善的女士。

在这段时间里，我第一次遇到了方逸华。我们都叫她方小姐。方小姐不算漂亮，给我的第一个印象是嘴巴很大。后来，我遇到了何莉莉的妈妈。提起方逸华，她从来不叫方小姐，只是竖起拇指和食指，放在嘴边。

方小姐在东京时对我客客气气的，我当然也很尊重她。她和六先生很少同时抵达东京，总是一先一后。她多数时候是先和她的男朋友一起来的。那是一位又白又胖的年轻人，菲律宾华侨，祖籍福建，有时我们还会用闽南方言交谈。他没有中文名字，英文名是Jimmy Pascal。我们都是年轻人，很谈得来。

Jimmy 会和方小姐住一阵子，等六先生来到，他就搬出去。临走之前，他们三人还一起吃饭，有说有笑。我一直没有搞清楚他们这种关系，后来有次家父来了东京，我们聊起这件事。

"六先生是怎么认识方小姐的？"我禁不住好奇地问。

家父说："方小姐最初是一个魔术师的助手，人年轻，身材又好，和六先生很投缘。她在六先生的栽培之下学习演唱，后来当了歌星。"

"她男朋友呢？六先生怎么能容忍？"

"有许多人际间的关系是很复杂的，六先生容人之量最大，你以后便会慢慢地了解。"家父说。

这一点，我后来果然觉察到了。当年，六先生一直用心栽培李翰祥，而李翰祥却背叛了他，自己出去搞"国联公司"，到中国台湾地区拍戏，和六先生打擂台。后来，李翰祥没有成功，在走投无路时又回到香港，并托人向

六先生求情。六先生爱才，原谅了他。当时，方小姐已在邵氏掌权，竭力反对，但六先生没听她的，让李翰祥回来了。李翰祥随后拍了一连串卖座的电影。这时，家父跟我说的关于六先生的容人之量的话，我才真正理解。

六先生是非常尊重有才华的工作者的。据说李翰祥离开之前，对六先生也不太客气，这些六先生都忍了下来。他的这种度量，是常人不能够拥有的。

六先生一向教导我："如果你喜欢电影，就得想办法不要离开它。如果黄梅调不卖座了就拍功夫片，功夫片不卖座了就拍风月片。电影能卖座才能生存，没有什么对或不对的。"

方 盈

　　邵氏公司的日本办公室位于东京的八重洲，从东京车站步行过来，十多分钟便能抵达；更方便的是乘地铁，在京桥站下车，一下子就到了。

　　办公室躲在一条小巷中，二楼就是我工作了近七年的地方。办公室面积很小，只有四十平方米左右，摆了四张办公桌。

办公室内的职员只有四名，除了我，还有秘书市川荣小姐；我的助手王力山，他是出生于韩国的山东人，也是我留学时的同学；后来业务渐忙，我又请了来自台湾地区的王晓青。我们四个人乐融融地替邵氏公司做了不少事。

那时的工作重心，已由杂务转向制作。如有香港的外景团队来日本拍摄，我们都得安排好。从什么都不懂到认真地招聘摄影队，我们都是一点一滴地从头学起的。

最开始的是简单的拍摄工作，时间从几天到几个星期不等。我们负责的第一部影片是《飞天女郎》（1967），由岳华、方盈和罗烈主演，导演是中平康。当年，中平康导演拍的新潮电影《疯狂的果实》（1956）在日本大卖特卖。后来因酗酒，他在日本的工作机会渐少，六先生看中他的才华，聘请他到港拍戏。

《飞天女郎》讲的是一个关于马戏团的故事。香港没有马戏团，剧组就请了日本著名的"木下马戏团"来做背景。那时，"木下"的大本营所在的日本千叶县，当年还是一个很偏远、很落后的地区。

岳华先抵达日本。他是一位读书较多的年轻人，出生于上海，并在那里学了声乐，来港后参加了邵氏的演员训练班。开设演员训练班是六先生的主意，他说：为什么要受大明星的控制？为什么老是要付那么多钱请他们？为什么不能自己训练一班青年人，把他们培育成下一代的大明星？

训练班由顾文宗先生主持。他早年去过东南亚，和家父私交甚笃，没地方住的时候就住在我家里，常告诉我一些电影人的故事，我最爱听了。他自己做过演员和导演，脾气很大。据说，他当导演时，拍外景要等天晴，天晴了还要等云朵飘到最适当的位置……后来当然是不合时宜了，于是就担任了这个训练班的职位。

训练班叫南国实验剧团。和岳华同期的艺人有郑佩佩等人，岳、郑两人都讲上海话，最谈得来。当时的年轻人都抱着满腔热情，希望在电影界做出一番大事业。

外景拍摄收工后，岳华会和我谈个没完没了。大家的酒量都不错，于是我们买了一箱箱的啤酒大喝特喝，啤酒喝完了仍不见醉意，就喝起威士忌来。当时最便宜的威士忌叫 Suntory Red（红牌三得利），是双瓶的，三斤装。我们干了这两瓶威士忌才有些酒意。

喝酒没有东西吃，三更半夜也没处吃夜宵，怎么办？我们在冰箱中找到了一根当早餐的酱萝卜，橙黄色，又咸又甜，本来是切成一片一片的，用来佐饭。三更半夜的，旅馆中哪里去找刀来切？我们灵机一动，把啤酒盖当成利器，锯开长条的酱萝卜，你一口我一口地那么下酒。多年后，岳华还一直记得这件事。

喝酒喝到三更半夜，突然听到"砰砰砰"的巨响。怎么回事？酒店的工作人员也都睡了，我们就跑到楼下去看个究竟。原来是有人在大力地踢铁闸。

打开闸门一看，外面站着个身材高挑的女孩子，是方盈。公司叫她一个人搭飞机来东京，说有人来接，但是当年的电报并不灵通，常误事，我们都没收到信息。

她只身从香港飞到日本的羽田机场，指手画脚地把地址给遇到的人看，又鸡同鸭讲地搭了电车，又搭巴士，再乘出租车，终于抵达了外景队住的旅馆。

看到我们后，她上前抱着岳华痛哭了一番。现在想想，她那时才十七八岁，当今的女孩子多半没有她那种胆识，深更半夜一个人找上门。到了旅馆，她按门铃却没有反应，急起来不管三七二十一地踢门。我记得她穿着一双在 20 世纪 60 年代最为流行的白色长筒靴。她的白靴因走了很长的路而

满是泥泞。我对方盈的印象特别好。

方盈后来也没有大红大紫，可能是个性问题。她有她个人独立的思想，只是不懂得表达出来。可惜的是，她在演员生涯后期患了一种怪病，也可能是类固醇打得太多的缘故吧，脸上出现了凹凹凸凸的肿块。她看了很多美术方面的书，对美学很有研究，不能当演员之后，就当起美术指导来。我后来在嘉禾工作，也与她合作过不少电影，后来她也在香港金像奖的美术指导单元被提名过。可惜她在 2010 年 1 月 13 日因癌症逝世。

导演中平康连续为邵氏拍了好几部片子。人到晚年，他对艺术已不再抱以希望，

方盈 **49**

到香港拍的戏，都是他旧作的翻版；因为不想影响到自己年轻时赢得的英名，于是改了一个中文名字，叫杨树希。

另外，在日本拍外景的电影还有《狂恋诗》（1968，翻拍自《疯狂的果实》）。故事的背景是游艇会。当年香港还没流行这一套"有闲阶级"的玩意儿，剧组就来到日本的叶山地区拍摄。

由香港最先抵达日本的是金汉和胡燕妮。他俩最喜吃日本料理了，尤其是生鱼片，于是我就带他俩去了一家著名的寿司店。两人说他们什么都敢吃："蔡澜，你吃什么我们就吃什么！"

我顽皮起来，叫了一份鲍鱼的肠。那绿油油的生的东西，他们以前见都没见过，但既然已夸下了海口，便想硬着头皮吃，却迟迟鼓不起勇气。他们眼睁睁地看着我一大口一大口地吞下那些肠，到最后也还是举不起筷子。

雪地外景

公司到日本拍摄外景的电影越来越多。邵氏需要拍雪景的电影分两种情况：如果是没有大明星参演的，就去韩国雪岳山拍摄；如果是有大导演、名演员的，就到日本去拍。

电影《影子神鞭》（1971），由郑佩佩主演，罗维导演。当年，罗维可是响当当的大导演，他的太太

刘亮华是首席制片，一队人浩浩荡荡地来到了日本。我请导演先去考察外景地，但他说不必了，有雪就行。我听了皱皱眉头，心里想他怎么那么不负责任。

到了雪地，罗维穿了好多件厚外套，把身体包裹得像一个大粽子，头上罩了一个套子，只露出眼睛，样子颇为滑稽。

郑佩佩个性刚烈，说一是一，人很正直。除了拍戏，她从不应酬，也从不与同行打交道。六先生提起她，也说她真的像个女侠。

我和郑佩佩聊起天来，知道她很

好学。她说，她会向六先生提出请求，拍完这部电影后留在日本，和另外两位女子一起学习舞蹈。"另外两位女子"之一叫吴景丽，身材短小，佩佩一直叫她"小鬼"；另一位则身材非常高大，后来我才知道她是佩佩的未婚夫原文通的妹妹。之后，她们在日本的生活起居，都由我来照顾。

戏开始拍起来。遇到是文戏（只讲对白，没有动作的戏），罗维就叫副导演去拍；武戏（全动作的戏），遇到就叫武师指导二牛去拍，自己则躲到火炉边取暖。

我年轻气盛，又对电影充满憧憬，认为导演是一个神圣的职业，怎么可以那么轻率？于是我就和罗维吵了起来。这可惹怒了制片刘亮华，说要向当时的制片经理邹文怀告状，一定要"炒我鱿鱼"。

我知道已经大祸临头，便将工作详细地交接给助手王立山，然后一个人返回东京。

不曾想，刚回东京的办公室，我就接到邹先生的电报，要我赶回现场。也不知是邹先生帮的忙，还是六先生下的命令不准"炒"我，我回到现场后，刘亮华看到我，也当什么事都没发生过，继续拍外景的戏。

后来，我哥哥蔡丹接替了爸爸的位置，当了邵氏中文部经理，也经常到香港买版权。罗维当年自组公司在外拍戏，当然得应酬我哥哥，请我哥哥到天香楼吃饭时，也叫了我作陪。和罗维交谈几次，发现他是一位相当单纯的男人，没有什么坏脑筋，我过去向他发怒，是冲动了一点儿。

带队到日本拍雪景的还有张彻，他拍的是一部叫《金燕子》（1968）的戏。当年，张彻已是大红大紫的导演，与我第一次在香港遇到的他完全不同了，排场甚大，带了一大队工作人员到来。这部电影的副导演是午马，武术指导是唐佳和刘家良。

《金燕子》是部大制作的电影。我把整个东京办公室的职员都调到外景队来，还喊来了我学校的同学、好友等来帮忙。

　　我一直想不通的是，"金燕子"这个人物是承继了《大醉侠》里面的女主角，和张彻一直拍的以男主角为主的阳刚戏格格不入呀，为什么让张彻来拍呢？郑佩佩当时也这么质疑过。

　　张彻能言善辩，把郑佩佩叫去，讲解"金燕子"这个角色在戏里举足轻重的地位。其实，张彻的心里早已经决定把戏着重放在男主角王羽的身上了，他所讲的一切，不过是骗骗佩佩罢了。

　　佩佩人很单纯，相信了张彻，后来戏拍到一半，她才知道不对路，但是已经太迟，挽回不了了。

　　拍戏时，大家都住在长野县乡下的唯一一所大旅馆中。昔时日本旅店的传统做法是每一个人一间房，还把住客的名字写在木牌上，挂在门口。

张彻在当副导演时师承徐增宏。徐增宏的脾气可大了，喜欢骂人，时常在片场中大发脾气，张彻也学到了这点。他让午马检查服装道具，如果缺了什么，就会把午马骂得狗血淋头。旅馆中的日本工作人员看午马挨骂，颇为可怜他。日本人的姓氏中没有"午"字，但用动物为姓的倒是很多，如帝国酒店经理的姓氏为"犬养"。轮到在木牌上写午马的名字时，他们也许是看到午马什么事都要做，觉得他是在"做牛做马"，于是把他的名字写成"牛马"。午马要他们更正，他们死都不肯。

安排外景团队吃饭是个问题。香港来的人喜欢吃肉，但是当地日本人以吃鱼为主，肉卖得很贵，且在乡下也难买到。大家吃了多餐鱼之后已然生厌，忽然看到有大块的牛排，即刻吃得津津有味。其实，乡下哪来那么多牛排，那是我叫当地猎人打了一些熊，以熊肉来冒充的。打不到熊时，我就安排他们吃起马肉来。我不说，大家也都不曾觉察，一直赞好。

外景的大小问题都要我解决。有一天，王羽发脾气说不拍了，要回香港，也由我"摆平"。长满荻花的原野上有很多蜻蜓，我随手去捉，每捉必中。王羽看到感觉十分有趣，自己去捉怎么都捉不到，要我教他。

我告诉他，蜻蜓长了很多很多的眼睛，要趁它停着时，用手指从远处靠近，一面靠近一面比画圆圈。蜻蜓有复眼，看久了就会头昏，像被催眠了似的一动也不动，这样就能一把捉住它们了。王羽照我的办法去做，果然成功了，大喜。

他玩捉蜻蜓玩得不亦乐乎，烦恼也忘了，遂继续拍下去。

張徹

张 彻

在拍《金燕子》的外景时，大家同住一家乡下旅馆，虽然那已经是当地最好的旅馆了，但还是没有私人浴室。日本的旅馆到近几十年才有私人浴室这种设施。客人要洗澡怎么办？到大众浴堂去。我们这群难得有温泉泡的年轻人可开心了，辛苦了一天，收工后的最大福利便是浸在温泉中，快乐无比。

很奇怪，我从没有看到过张彻来泡温泉。那么多天了，他不洗澡行吗？日本人窃窃私语，说你们的导演是不是 okama？"okama"字面的意思是铁锅，也指同性恋者。

有一天收工后，张彻叫我到他的房间去。日本同事们听到了都说，蔡澜你这次惨了，保重吧。我也有点儿担心，但是导演叫我去找他，我没有理由拒绝。

进了房间，张彻把窗和门关紧，我心中开始发毛，但是并没有什么事发生，张彻不过是把他的拍摄意图告诉我，不想让其他工作人员听到罢了。

关于张彻的行为，众人都怀疑过，为什么他不与女明星谈情说爱？以我和他接触了几十年对他的了解，他身体某部分可能有点儿缺陷。他喜欢的是自己所缺乏的所谓"阳刚"，围在他身边的个个都是肌肉男。他很欣赏这些人的"阳刚"，有时候会禁不住摸摸他们的手臂，但也是仅此而已。如果说他有同性恋倾向的话，那也是一种精神层面的，像《魂断威尼斯》（1971）里的老音乐家欣赏美少年那样。

张彻原名张易扬，浙江青田人，读大学时专修政治。毕业后，他跟随的大多是政治人物，但后来他觉得没有什么意思，便去中国台湾地区从事与电影相关的工作。有一部电影的主题曲《阿里山的姑娘》，就是由他填词的。

在台湾地区发展得不顺遂，张彻便辗转到了香港，在《大公报》写影评，用一个叫"何观"的笔名。当年影评写得最好的，只有金庸先生和他两个人了。

后来，他加入了邵氏，六先生对他的印象并不深。他做了几年的副导演后终于得到一个机会。当时，正导演拍了一部叫《蝴蝶杯》（1965）的武侠片，六先生看了很不喜欢，下令要补拍。邵氏有这么一个传统，完成的电影作品要让六先生第一个看，他如果觉得情节莫名其妙就要重来。轻的措施是加上几场戏进行说明，重的措施则是把整部片存进货仓，不许上映。金漆招牌的重要性高过一切。许多年轻导演都要经过这段考验，补戏对他们来说是很没面子的，是莫大的羞耻。其实，我们现在回头来看，这是何等幸福的事——有人肯付出那么大的代价给你机会来补救，这是让人求之不得的事！

张彻的第二部戏《虎侠歼仇》（1966）就过了关，锁定了他导演的地位。因为同是浙江人，张彻和金庸先生的交情特别好，和倪匡更为亲密。有一天，他向倪匡说要改编金庸的作品，倪匡回答："那种鸿篇巨制，两个钟头怎拍得完？要拍的话，取用其中一段情节或者拿来一个概念，就成了。"

从杨过这个人物身上得到了启发，倪匡替张彻写出了《独臂刀》（1967），这部电影在当年大卖特卖，破了一百万港元的票房纪录。从此，张彻被冠上了"百万导演"的头衔，事业一帆风顺。

　　在这期间，张彻招揽了易文和董千里。前者原名杨彦岐，生于文人世家，一开始为电影插曲填写歌词，后来也当上了导演。来邵氏时，他已风光不再，住在宿舍中，喜欢给女编剧写情书。他死后，这些私人信件被找了出来，公司里的人问我怎么处置，我觉得这是他个人的隐私，没把它们公开，和他一起埋葬了。

　　董千里是一位来自浙江的老报人，也写过不少小说。他人长得又高又瘦，给人印象深刻的是他有一个鹰钩鼻，夸张得很。如果由他来饰演巫师，是不必化妆的。

　　张彻、易文和董千里三人组了一个说客团。每天下午四点后——六先生吃下午茶的时段，他们就在办公室外等待，六先生一有空就把他们叫进去开会，风雨不改，就算张彻有戏拍到一半，也会停下来。下午的这个会是一定要开的。

他们谈些什么呢？多数是今后拍戏的方针。三个人你一嘴我一舌，说服力特别强。这也可能是张彻在政治学校学到的技艺，三个人把六先生包围得紧紧的，其他任何人都插不进来。

他们要拍的题材太多了。江浙人小时就知道《刺马》这出戏，六先生一听马上拍手赞成。早年在上海流传的典故，像马永贞、仇连环等，也是他们所熟悉的，当然也开拍。

题材谈妥后的第一件事就是找倪匡。倪匡是在上海长大的，对这些传说很熟悉。和倪匡聊剧本时，六先生会把我也带上，这时气氛没有那么严肃了。我们多数在尖沙咀宝勒巷的一家叫"大上海"的餐厅，一边吃饭一边谈，我对沪菜的认识也是从这个时候开始有的。熟客们到了，不必看餐牌。带位的侍者叫欧阳，拿出一个筷子纸筒，拆开了，里面写着时令蔬菜名。也并非每个人都看得懂菜名，比如"樱桃"代表田鸡腿，因为那块肉圆圆的，像颗樱桃；"圆菜"指的是山瑞或甲鱼，还有草头、马兰头等野菜。

说到喝酒，六先生和张彻都不好此道，而倪匡却来者不拒，一瓶XO白兰地，他老兄"咕噜咕噜"一下子就干掉，面不改色。老酒入肚，讲出来的历史人物一个接一个，新剧本源源不断地产生。倪匡是高手，一个剧本三天就能写完。如果是给邵氏以外的人写剧本，导演们说要赶时间，越早完成越好，倪匡作勉为其难状，说两个星期后来取。但实际上，他也是三天就写完了，放在抽屉中，等他们两个星期后谢天谢地地拿走。

张彻最大的功劳是把武侠片和功夫片带进一个潮流，反转了当年以女明星为主的文艺片的"阴气"。

到了 1969 年，来自好莱坞的萨姆·佩金柏（Sam Peckinpah）拍了一部叫《日落黄沙》（*The Wild Bunch*）的西部片。片中，年华已逝的英雄们在金钱的驱使下去保卫一个小镇，一个个地牺牲。他们在慢镜头中中枪无数，血液飞溅。

张彻大受震撼，之后一直用这种方式来表现英雄们遇害的情景。当时吴宇森也受到了影响。他当过张彻的副导演，在试片室中看"毛片"时将画面一个个地记下，不大出声，非常勤奋。张彻喜欢骂人，但从来没有骂过吴宇森。

一部部的卖座电影出炉，张彻电影中的英雄们除了

流血，还要被剖开肚皮，拉出肠来。这些血腥镜头也不一定被审核通过，尤其是在新加坡，影片每次都要被剪得一塌糊涂，有时整部戏都要被禁掉。三先生从新加坡来信，再三地要六先生命令张彻收敛，六先生也试了，但张彻就是不听，弄得大家很是头痛。

这时候，我已当上了制片经理。有些影片过长，有些过于残忍，就得由我和剪接师姜兴隆来想办法处理，但怎么才能说服脾气极大的张彻呢？

拜赐于当年在日本检查拷贝的宝贵经历，我对剪接已有很深的认识，再加上姜兴隆这位高手，两个人把张彻拍的场面修完再修，剪接后的故事情节不会中途乱跳，合情合理，让人看得下去。剪接完成后，我们将影片放给张彻看，他最后也点了头，不再争辩。

在张彻的主张下，六先生从日本请了一群武师。他们把这些武师叫作"杀阵师"，是动作指导的意思。日本影片中的厮杀场面多数是英雄和歹徒捉对厮杀，杀了一个又一个，其余的歹徒在旁边等男主角杀完才动手。张彻认为这极不合理，歹徒要上就一齐上，何必等？这种改变反过来影响了日本武侠片，五社英雄等日本导演就学了过去。

张彻很少离开摄影棚，但有时也会跑到我的办公室里喝杯茶。我知道他的书法了得，就准备了笔墨请他写一幅字。张彻毫不思考就下笔，写了一首诗送我，最后的签名他把家乡也写上，叫自己"青田张彻"。这幅字怎么开头怎么结尾，何处留空，他都算得精准，这是经过严格书法训练的人才做得来的。

发起写字的兴来，张彻会写一幅大的，叫美术指导放大后印在纯白布景上，白底黑字。英雄人物穿着白色服装，在慢镜头中舞着剑走向镜头，颇有诗意。

电影拍久了，弊病也跟着来。张彻通常要睡到下午才起床，发的拍摄通告都是早班，遇到拍摄超时，工作人员也可以捞一点儿"过钟"的补贴。

另外的弊病是拍电影用的武师，打杀后"死"了不少，躺在地上装尸体，然而之后还要上阵，于是到了第二天拍戏时张彻会换上一批临时演员当死尸，工钱却是武师的标准。这些毛病在后来都被方小姐一一抓出，加上服装道具都要经过方小姐的采购组逐一报价，张彻受到的阻碍越来越多。到了后期，方小姐还禁止张彻发早班通告，等等。

张彻发现箍在他颈项上的圈子越来越紧，快要不能呼吸时，向六先生提出要自组公司，到台湾地区去发展。

"没有了我做后台，你能行吗？"六先生问他。

张彻拍着胸口说："拍成的片子由邵氏发行，要是亏了本，都由我自己负担。"

"怎么负担呢？"六先生问。

"万一亏了，就从我的导演费中扣好了。"

六先生一算，要投下去的资本不少，就要以张彻的二十部电影的片酬当保证。反正拗不过张彻，六先生就决定放他一马。张彻的那块招牌还很硬，想来交来的电影不会差到哪里去，也就答应了他的请求。

张彻到了台湾地区，轰动一时，拍了不少大成本的战争片。

但到底台湾味和香港味不同，他后来拍的功夫片也没有之前那么精彩了，片子一部接一部地失败，到了最后惨败归来。

大度的六先生原谅了张彻，张开双臂欢迎张彻回来。张彻本来可以赖皮不还钱的，但最终还是按照承诺不收片酬，为邵氏拍戏。在那个年代，毕竟还是"量"大于"质"的，邵氏的影院需要多部新片来支持。

张彻痴迷于工作，对身体健康完全不理会，问题随之而来：他的腰也开始弯起来，听力也下降了。但他还是每天照常开工，片场是他的一切。后来他又训练出一班武师来，但武侠片的潮流已过，不能起死回生。

张彻身体不行了，脑筋却还是很灵活，耳聋听不了电话，他就以传真来与外界沟通。黄霑一给他发去传真，即刻得到他数十页的回复。渐渐地，他被人遗忘了，没什么人理他了，但他还是住在邵氏宿舍里。方小姐再三派人叫张彻搬走，但张彻说："如果六先生下命令，我即刻搬！"

始终，六先生是念着他那份情的，让张彻留了下来。他在 2002 年获得香港电影金像奖的终身成就奖，同年逝世，享年 79 岁。

井上梅次

　　想要说服六先生开戏，导演们最先要做的就是说服他把故事听下去。

　　讲故事嘛，谁不会？但面对拥有邵氏电影王国的脸上笑嘻嘻却不怒自威的六先生，一般人都会怕得要死，结结巴巴地讲不出话来，更不要说讲故事了。

　　有些导演口才好，他们讲的故事能一下子就得到六先生首肯。比如程刚导演，他讲故事时全情投入，讲到紧张处时，用手拍桌子当音效，或嘴里哼唱几句当配乐，这是一种天分。可惜，他拍戏时总是慢吞吞的，很难完成一部电影的拍摄，所以作品并不多。其他导演没有他这个才华，只有通过大宴客、送厚礼的方式，请程刚代他们去讲故事。

六先生听完故事后，如果觉得喜欢，就即刻安排人写剧本。而剧本作者中写得又快又精的，当然是我的老友倪匡了。他为邵氏写过的剧本，有的拍成了，有的没拍成，加起来至少有五百部。

更直接的方式，就是六先生最拿手的"借用"了。他到日本表面说是去度假，其实是去工作的。他让我从"五大公司"要来电影新作观看。日本的电影公司以为他要购买电影版权拿到东南亚去放映，都很乐意提供给他看。六先生观影时，我就充当翻译的角色，把电影里的对白一句一句地翻给他听，我的日文也因此进步不少。但如果我遇到讲日本文言文的古装片，或完全是乡下口音的写实片，就难免发生翻译错误。不过，好在六先生只需要知道粗略的剧情，对细节也没一一追问，我也就过了关。

这段时间里，我观影印象最深的是一部叫《呼岚之男》（1957）的影片。这是井上梅次在"日活片场"拍得最成功的一部电影，有音乐有打斗，又用了红得发紫的年轻演员担任主演。电影讲的是一个鼓手成名了，当地的"黑帮"想控制他的故事。影片的主题曲也卖了个了满堂红。

六先生想翻拍此片。他通过当年李翰祥的专用日籍摄影师西本正去联系，并请来了井上梅次导演。

香港！美

Hongkong nights a

的晚上
uniquely beautiful

井上梅次把此片原原本本地翻拍过来，把男主角选用了凌云，女主角则选了何莉莉。这部影片的票房当然也非常成功。

得到六先生的许可后，井上在香港一部接着一部地拍了好多片子。当六先生说为什么香港人拍歌舞片比不上好莱坞时，他说日本拍的歌舞片也不差，但用什么故事呢？井上找来他很早前拍的一部叫《三姐妹》（1954）的旧作放给六先生看。这比说什么故事都有效，六先生看完后马上点头同意。

于是就有了香港版的《三姐妹》——《香江花月夜》（1967）。片中三姐妹分别由郑佩佩、何莉莉和秦萍饰演，男主角由陈厚饰演。井上梅次从日本拉了大队人马过来，除了舞蹈指导，有时还将整班的"东宝"或"松竹"的歌舞团请来助阵。他的团队成员也并非无名之辈，像作曲的服部良一，是日本最受尊敬的作曲家之一，留下了《苏州夜曲》等经典作品。

《香江花月夜》又卖座了。从此，只要六先生一提影片类型或者方向，井上就从他的袖子中拉出一部旧作来照抄，计有《谍海花》（1968）、《花月良宵》（1968）、《钓金龟》（1968）、《青春万岁》（1969）、《遗产五亿元》（1970）、《女子公寓》（1970）、《女校春色》（1970）、《青春恋》（1970）、《钻石艳盗》（1971）、《夕阳恋人》（1971）、《玉女嬉春》（1971）、《我爱金龟婿》（1971）等。

也不是所有井上的影片都在香港拍，全部在日本取景的也有。这些影片中，由我负责制作的有《遗产五亿元》《女子公寓》和《女校春色》。

　　井上拍戏时像行军作战，准时开工，准时收工。通常，片场中有些陋习，如导演们会在收工时多拖一拖，让工作人员赚些超时的工资当外快。在这方面，井上绝对不肯。这原本无可厚非，只是井上这个人一直以向六先生"打小报告"居功，惹得员工们对他十分反感。大家私底下不叫他"井上梅次"，而是叫"井上梅毒"。

　　也不是只针对香港人，他对从日本带来的团队也是如此。一次，他说大家辛苦了，请大家吃一顿日本料理。众人一听，高兴极了，当年在香港吃一餐日本料理可是花销不菲的。

　　到了餐厅，井上第一个发声，跟伙计说："给我来一份汤豆腐就够了，其他人自己叫。"

看到导演点了最便宜的菜，其他人便都不敢放肆地点餐了。那一餐吃得大家一肚子气，日本团队的成员也学香港的工作人员，叫他"井上梅毒"。

在日本拍摄时他在很多方面要靠我，也破例地请我吃过一次寿司。我没那么容易放过他，便把最贵的食材都叫齐了。他看到账单时擦擦汗，连说"厉害厉害，真会吃"。

一次，一个讨厌他的灯光师跟我说："我们全体人员已经说好了，从天桥板上丢下一块铁片，打他一个头破血流！"我听了即刻制止，说那是伤天害理的事，千万不可。他这才避过此劫。

井上没有得到报应，但他太太——知名演员月丘梦路却在日本遭遇了严重的车祸，整张脸伤得很重。好在日本医科大学的整容技术非常厉害，用小针缝补，一共缝了几百针，等伤好了几乎一点儿疤痕也看不出来。所以，各位要整容的话千万别去十仁医院，要到他们的医科大学去才行。

井上梅次因脑溢血而身亡，享年八十六岁。

亚洲影展

20世纪60年代，亚洲各国都有他们的电影事业。日本有五大公司：东宝、松竹、大映、东映和日活。菲律宾、印尼、新加坡等国家和地区也各有电影制作公司。另一支大势力，是韩国申相玉的申氏公司。

当时中国香港以邵氏最为实力雄厚。

几位大老板在一起吃饭时，有人提出，不如办一个"亚洲影展",大家不仅可以互相交流,还可交易,搞成一个电影市场,大家一拍即合。

自此,亚洲影展在东亚、东南亚的各大都市轮番举行。日本人最为热心,出钱出力地办了很多届。在那个年代,日本人的制作水准最高,要真正竞选的话,奖项一定被他们全部包了,但日本的五大公司志在卖版权,并不在意奖项,谁得奖都行。

各方均选派出一至二名评审员。有一年,六先生忽然跟我说:"新加坡的这次亚洲影展的评审,今年由你担任。"

"什么?我有什么资格?"我问。

"你在学校时写过影评并在报纸上发表了,凭这一点,你就够资格。我说行,你就行。"他说。

其实,六先生之所以要我成为影展的一分子,是因为要交给我一个重大任务——暗中和其他评审联络感情，协调他们的评审意见。

"要怎么做才好呢？"我问。

"到时邹文怀会教你的。"他回答。

"我会替你准备些礼物。"邹先生说。

什么礼物呢？黄金的劳力士手表，就是香港人所说的"金劳"了。这表在当年价值不菲，每个男人都想拥有。事前，邹先生买了一批"金劳"给我，我就把"金劳"一个个地送给各位评审。这在当时是一种见怪不怪的行业风气。

也不是每一位评审都贪心，有些人很正直，不受引诱。"金劳"要送谁？那就要看人了。怎么看？从吃自助餐时的表现就可以观察出一二。那些吃不完也要尽量多拿的评审，便可用"金劳"来收买。

另外，影展有一套评分的计算规则。最高分为十分，一般评审是这样给分数的：自己喜欢的电影或演员，给个七八分，不喜欢的给四五分。也有一些肮脏的招数——给想支持的对象打十分，给竞争方的电影打零分，这么一来，就可以一下子把分数拉开。

这一招很有用，后来我当《料理的铁人》的评审时，电视台方面有时候不想让挑战者赢，就和请来的评审私下讲好，让"铁人"得奖。为了比赛的公平，如果挑战者的技巧突出的话，我会一下子给出十分，给"铁人"零分，这么一来就能让挑战者赢。不过，道高一尺魔高一丈，节目组本来设定有三名评审，后来增加到五名，我就变成了少数派。电视台的节目不过是娱乐观众，我后来便也不在乎了，当成一场游戏。亚洲影展也是如此。

担任亚洲影展评审时，我还是日本大学艺术部映画学科的学生，同一所大学的教授担任那次亚洲影展的日方评审。在大会上，他一直瞪着我，但认不得我是谁，问在什么地方遇见过我，我微笑不语。

有一位评审叫熊式一，在影艺圈颇有声望，也曾经组织过剧团公演他编的戏剧。熊式一这个人身材矮小，喜穿一件长衫，爱去拉女明星的手。有一年，影展在汉城①举行，他人不见了，工作人员怎么找都找不到，我年轻，口无遮拦地叫工作人员到韩国女明星的裙子里面去找。

同年的评审还有来自香港地区的刘大林，他主编的《亚洲杂志》（*Asia Magazine*）在当时很有影响力，我和他最谈得来。我们被申相玉请去参加伎生派对。伎生是韩国的艺妓，卖艺不卖身的。刘大林是中俄混血儿，但长得并没有洋人相，除了眼睛是碧绿色的。

---

①汉城：韩国首都首尔特别市的旧称。

那些伎生纷纷被他那对绿眼迷住了，主动凑上前去，我就没有那个福分了。

　　同是混血儿的还有胡燕妮。她刚与公司签约，就被派来影展走红地毯。她的美艳实在令人震撼，我陪她走上影展会场的台阶时，各国的女明星都停下来转头去看她。男人看美女理所当然，但惹得美女也看美女，就说明后者是真的漂亮得厉害。

　　我接连当了好几届影展的评审，熟能生巧。大家争得最厉害的奖项是最佳男、女主角奖。虽然当年的奖项并

没什么公信力，但是作为噱头在电影上映时宣传，是的确有助于票房的，各方都争着要这些奖。

其实评奖就像是在分猪肉——中国香港有了最佳女主角奖，最佳男主角奖就要给韩国或日本，其他奖项就要分给印尼或菲律宾等。

在武侠片和动作片尚未大行其道的年代，参展方拍的多数是哭哭啼啼的文艺片，情节比较俗套，不是男主角患癌症就是女主角得肺结核，各种死法，无奇不有。我在背后说坏话：那不是亚洲影展，是亚洲医院展。

有一年，我提前做了准备，台湾地区的评审虽然收了礼物，但这两个"阴阴湿湿"的影评人却背叛了我，把奖项分给了他们自己看中的电影。我人生第一次遭受背叛，更知人心险恶。任务没有完成，我沮丧得很。

六先生拍拍我的肩膀，安慰我道："不必太过介意，明年记得除了'金劳'之外，再多准备几个爱马仕皮包。"

《龙虎斗》

　　有一天，王羽忽然向邹文怀提出："我要做导演！"

　　当年，做导演并非一件易事，需要先升任场记、副导演后才有机会尝试，是学徒制的，不像后来那些动作片崛起后，武师演过几部戏后也可以当导演。明星当导演也行，但得有丰富的经验。王羽当时还很年轻，他生于一九四三年，提出要拍《龙虎斗》时，才不过二十五岁。那么一个毛头小子，怎么能让人信得过？片场中的老辈们议论纷纷，把他当笑话看。但大家也知道他个性刚烈，如果此事不成，他一定会罢拍抗议。

听到这消息时六先生刚好在韩国。他到韩国是给自己放几天假，吃吃美食，也停下来看看韩国的电影，探寻有什么方面可以"借用"。我虽然作陪，但听不懂韩语，翻译工作就由一位在汉城开餐厅的中国籍的金太太负责。金太太虽然不再年轻，但风韵犹存，每天炖人参汤给六先生喝，我也便轻松地跟着吃吃喝喝。

六先生返港后着手处理"王羽事件"。在评估了相关利害关系后，六先生决定：既然王羽想拍就让他来拍，反正如果拍得不好，可以由其他人来补救。

电影拍得很顺利。王羽很有把握地把戏一场场地完成。电影的结局"生死斗"那场戏要在雪景中拍摄，为了节省制作经费，他就把摄制团队拉到韩国去拍。谁来联络外景的事？金太太主动请缨。虽说她并无制作电影的经验，但是人力物力雄厚，有什么事办不了呢？

王羽到了韩国后，提出要高台取景，金太太即刻叫人用巨木搭了一座又高又大的高台，重得要死，几个人都搬不动。这里我要介绍一下背景，朝鲜战争结束后，韩国的山大多被轰炸得光秃秃的，木材非常紧张。餐厅里的一次性木筷子也被禁用，如被政府发现一根一次性木筷，餐厅就要被罚停业一天，一堆木筷子，餐厅不知要停业多久。由此来看，搭那么一个高台，当然要花不少钱。

虽然花了不少钱，但高台因移动不便，王羽并不满意。再加上他要求的其他条件也没达到预期，他大发脾气，要邹文怀把在日本的小蔡派来，代替金太太。

传真发到东京，要我即刻动身，马上到机场买票，其他一切都不必管了。我从办公室冲到羽田机场搭飞机，连家里养的一笼小鸟也无法顾及，匆匆地飞到汉城。

高台嘛，这还不容易解决？向申相玉借一个好了！他有一个庞大的制作公司，什么都有。申相玉也在日本念过书，我和他可以用日语交流。在参加亚洲影展时，我们两人最谈得来。他当我是好友，全力帮我，把他最好的制作班底借给我用，拍摄工作即刻顺利进行。

因为春节临近，香港的工作人员都盼望着回去过年，外景队便也不去雪岳山了，改在市中心附近的公园里拍摄。那个时节，汉城到处都是雪，不必老远地去找。

我们每天赶工，王羽又导又演，甚有把握的样子。

精力十足的他，早上拍戏，晚上喝酒，到了午饭时间，还要人陪他玩。

玩什么？那是一种你推我、我推你，斗推的游戏，谁被推倒在地上谁就输了。我体力有限，当然不肯和他玩，他就找到了副导演吴思远来作陪。当吴思远被他推倒时，一不小心把眼镜摔碎了，那个塑料镜框很尖锐，将他的眼角的一块皮肉切了下来，伤口流出血来。我们都冲上前替他包扎伤口，这老兄第一个反应却是："破了相了，还怎么泡妞？"我们听了都哈哈大笑起来，我现在想起来，当时真是没有良心。

《龙虎斗》一片的主演有王羽、罗烈，另有陈星及王钟在片中饰演他们的手下。当年，韩国电影还没有繁荣，先是文艺片当道，后来引入了很多中国台湾地区的片子，再后来就被邵氏的武侠片霸占了市场。

王羽主演的《独臂刀》，当时的韩国人几乎人人看过。我们拍戏时，也有很多韩国影迷来围观。他们一看到王羽，都举起一只手大叫"unpari"——韩语"独臂"的意思。

当年，全韩国最好的酒店是"半岛"。我记得第一次以学生身份去韩国旅游时，看到这家酒店前有几百个夜女郎在争生意，场面极为热闹。邵氏拍《独臂刀》时，韩国经济已转好，夜女郎们全部消失了。拍《龙虎斗》时，我们全体工作人员就住在这家酒店中。有一天，三更半夜铃声大作，原来是起火了，大家匆忙逃到屋外去。消防员来救火时，因天气太冷，消防栓里的水已经被冻成了冰，流不出来，结果大家就这么看着整家酒店被烧毁。

于是，我们搬到另一家酒店去住。大家心里想的最多的是：戏能不能顺利拍完，我们来不来得及回香港过个好年？

忽然，天气开始变化，虽然仍然冷，但雪已不下了，又过几天，大地回春，雪开始融化。我们眼睁睁地看着拍戏场地的雪一点点化掉。剧组搬回雪岳山去拍？那边倒是还有雪，但是背景已连接不上了。我们的"龙虎斗"，简直是天气和人类的斗争。

这可怎么办？怎么办？我突发奇想，叫当地的工作人员四处买面粉去。韩国人喜吃中国的炸酱面，面条要用面粉来制作，这里当然有面粉卖。大批的工作人员拼了老命，跑遍市场去收集。

收回来的面粉要往地上铺，一车铺完又铺一车，场地的前后都要铺满，才能进行拍摄。好了，拍到最后一天，拍完最后一个镜头，所有人都松了一口气。

众人欢天喜地地回香港去，我则拖着疲倦的身体回到了东京。我养在公寓中的小鸟已经饿死了，罪过，罪过啊！我从此明确，如果自己照顾不到，就不要养宠物了。

《裸尸痕》

　　我在日本那些年，从香港来的外景队逐年增多，井上梅次的多部电影在东京拍摄。我和日本的电影工作人员熟了，慢慢地组织了一套很强的班底。

　　六先生来日本时，我问他："通常在香港拍一部戏需要多少个工作日？"

　　"六十个。"他回答，"有时还不止。"

"那平均拍一部戏要花多少钱呢？"

六先生回答不出。当年，制作费由会计部主管，花多少提多少预算，总之，最终都有钱赚，也就不去算得那么细了。那是美好的电影的黄金年代。

"我们需要的是更多的量。"六先生说，"一年生产四十部电影是目标。"

我心中盘算一下，大胆地向六先生提出："要是我们在日本拍，香港只需派几个主演过来，全部工作人员，包括导演、摄影师、灯光师等都在日本找，一部戏拍完只要二十个工作日，可不可行呢？"

"全部制作费要多少？"他问。

"二十万港元。"我回答。

在 20 世纪 60 年代，一个秘书的月薪是四百港元。依当年的币值，当时的二十万等同于当今的两百多万，我报出的制作费比当时香港一般低成本的戏还要低得多。

"你想拍些什么故事？"

"最好是些原创的。"

"还是借用的好。"六先生说。

那年，六先生刚好在东京看了很多日本影片，其中有一部是他喜欢的，讲的是一个年轻人为了名利出卖原女友，结交富家小姐的故事。六先生很喜欢这部电影，跟我说："就借用这一部吧。"

《裸尸痕》（1969）改编自《郎心如铁》（*A Place in the Sun*）（1951），并加入了恐怖元素，女主角被男主角杀死后化成厉鬼来讨命，拍得非常好。本片的导演是曾经红极一时的岛耕二。他导过《金色夜叉》（1954）、《相逢有乐町》（1958）和《细雪》（1959）等经典作品，人长得高大，又有绅士风度。我找到他合作时他已有六十八岁，处于半退休状态。

至于男主角，我建议选用在《女校春色》（1969）一片中合作过的陈厚，他给影迷们的印象是个花花公子，舞又跳得很好，在个性和年龄上都适合演这个角色。

女主角用了丁红，她个性豪爽，是位好演员。

至于配角，演富家小姐的是丁珮，她来自中国台湾地区，当时是位新人；男配角是王侠；其他演员还有欧阳莎菲等。副导演是桂治洪。从香港来的就只有这么几个人。

在东京，我通过朋友的人脉和日本工作人员的关系，尽量压低成本，顺利完成了这部电影的拍摄。

电影中女主角的公寓就借了我当年的好友刘幼林的住所。我在参加亚洲影展时结识了刘幼林的哥哥刘大林，他曾吩咐我照顾他弟弟。刘幼林住在东京的表参道，那里是外国人集居之地，也是高级时装店区，扮起香港来很像。

其他外景地则选在了富士山周围的山区和湖泊。别的剧组来东京取景，巴不得把富士山拍进去，我们却努力避开，在镜头中拍到富士山时，就要从山腰处"斩"了，让观众看不见山顶。

为了节省成本，我还请了很多免费的在日本大学读书的学生来做群演；请刘幼林友情出演妇科医生，他在戏中为女主角检查后宣布她怀了孕。刘幼林年轻且英俊，很像 *The IPcress File*（《伊普克雷斯档案》）（1965）中的迈克尔·凯恩。当年，我们还担心他的外形不够老，叫化妆师把他的双鬓染白了，结果，他拍完戏后好久都洗不掉那些白色染料。

副导演桂治洪是位很努力且专心工作的年轻人，

将所有镜头及对白都详细地记录下来，等片子拍完拿回去。因我们要节省经费，片子全凭他和剪接师姜兴隆完成后期工作。

演员们住在东京"第一酒店"，当年那是家既便宜又住得舒服的旅馆，房间很小，但大牌演员如陈厚和丁红都没有投诉，其他演员也就没出声了。

我们不眠不休，说什么也要在二十天内赶完

此片，答应过六先生的事要说到做到。其实，当年要是多拍一两个工作日六先生也能理解，但承诺就是承诺，我要将电影按时完成。

电影在香港和东南亚放映后票房平平。这种戏原本就不可能爆冷，只是为邵氏增加了一部上映的戏而已。

在这段时间里，岛耕二教了我很多关于电影

的知识，他毕竟拍过几十部电影，遇到任何难题他都有办法解决，没在制作方面给我增加麻烦。

聊剧本时，我们都是去他家里。他是位烹调高手，不但煮饭给我们吃，还拿出我们喝不起的 Suntory（三得利）黑瓶给我们喝。当年，我们常喝的是双瓶装的 Suntory Red，要是有四方瓶的、俗名"角瓶"的酒，已算是上上品。

酒喝完一瓶又一瓶，岛耕二和我的感情逐渐深厚。后来，我又请他到新加坡拍了《椰林春恋》和《海外情歌》两部片子，我们成为好友。我逐渐发现，拍商业电影非我所好，我倒是很喜欢在制作时去结交各种朋友，去不同的外景地领略当地风情。

史马山

《裸尸痕》算是一个相对成功的案例。在征得六先生同意后，我请岛耕二导演又拍了两部电影——《椰林春恋》和《海外情歌》，均于 1969 年上映。

《椰林春恋》的男主角邀请了当年在香港歌坛红透半边天的歌手林冲，女主角是广受欢迎的何莉莉，又由香港派来的李丽丽和林嘉当配角，副导演由桂治洪担任。另有一批日本的灯光师和摄影师，一同飞到槟城取景。

全体工作人员入住一家由四层楼改建成的旅馆，大家浩浩荡荡地搬了进去。当年，邵氏电影在新加坡颇受欢迎，此前也从来没有那么多明星飞到那小岛去。当摄制组到达时，酒店已被影迷重重包围，需要当地的警察来维持秩序。我看到警察挥动警棍，开出一条通道，我们才得以走进旅馆。

我们借了一座当地富豪的住宅当主要的场景，在那里夜以继日地拍摄。为了节省成本，我身兼数职，兼做翻译、场务和会计等工作。由于长期在外被风吹日晒，身上被晒脱了皮，长了新的，再晒再脱。从香港来的个子娇小的配角李丽丽最为调皮捣蛋，她不拍戏时也跟着在现场，最喜欢剥我的皮。

工作人员中有一位老先生，是导演徐增宏的父亲，他的主要工作是"放声带"。当年的歌舞片要"对口型"，那是一个类似放映机的工具，有两个轮，装上已经冲印成透明画面的菲林，留下一条声带。演员听着这个机器放出来的歌，张口闭口地对口型，才能准确合拍，这是普通录音机做不到的。

　　拍摄演员唱歌时要用到一部老式的"米歇尔"机器。这种机器非常笨重，和我们当年用的小型"亚厘"机相差甚远。由于我没有经验，在器材方面忽略了这一项，待要用到时才知道出了问题。这个祸可闯得大了，怎么办？我急得团团转。

　　问题怎么解决？再让人从香港寄来的话需要不短的时间，哪里来得及？三更半夜时，恰好家父打来电话，我向他提及此事，他对我说，新加坡拍马来戏的录影厂也拍歌舞片，还剩下多部"米歇尔"机器。我马上去联系，由新加坡调来机器，这才解决了问题。

《椰林春恋》从槟城一路拍下去，经马六甲，到了新加坡完成。一路上，我们遇到种种难题，全靠经验丰富的导演岛耕二，难题被一一解决。我们白天工作，晚上喝酒，结下了深厚的友情。当年，日本导演到香港拍戏，除了井上梅次之外，都取了一个中文名字。岛耕二取什么中文名字好呢？"岛"这个姓，日文念"shima"，我们都"Shima-San"前、"Shima-San"后地称呼他。"San"的发音在日文里是"先生"的意思，结果叫来叫去，他的中文名字就有了——史马山。

电影拍完，六先生觉得很满意，也很卖座，就叫我继续请史马山导演下部戏——《海外情歌》。

这部电影由陈厚主演，当年他才三十九岁。电影讲的是一个父亲带着女儿们搭邮轮到海外旅行的故事。我拿了剧本，问他拍不拍，陈厚为人豁达，说无所谓，演员嘛，有戏就接啰。

他是不是在安慰自己，我不知道。

多方打听之下，我知道有一艘半货船半邮轮的英国船要修理，从香港航到新加坡，有五天时间，可以廉价包下来，当我们戏的背景。

一上船，大家就不分昼夜地赶工，想在这几天内把需要的戏都拍完。但这艘船是英国的，一切都得按照英国人的方式去管理，我们每一分钟都需要赶工，岂知船长说不许，我大发脾气，询问原因。

原来这是所谓的英国传统，在下午四点钟一定要喝下午茶。我说你们喝你们的，我们照样开工，船长说传统不能打破，一定要停下一切喝下午茶。

我气得快爆炸了，什么破传统？！但最后我还是拗不过整艘船的工作人员，也只好停下来喝一杯下午茶。

　　拍摄工作进行得还算顺利，也终于在限定的时间内把应该拍完的戏都赶完了，大家松了一口气。哪知道，到了新加坡我们不被准许下船，海关人员要上船来登记，给我们办理入境手续，慢吞吞的，要把所有人的手续都办完才能下船，又浪费了我们一天时间。

　　这些日子里，我一闲下来就和大家聊天。导演岛耕二已是老朋友了，陈厚也拍过我监制的《女校春色》和《裸尸痕》等戏，大家都很谈得来。

　　新朋友是年轻的杨帆。他从台湾地区来，在拍了《狂恋诗》后变得大红大紫，很受年轻观众欢迎。他长得高大英俊，迷死不少人，包括他自己。杨帆一走过镜子必停下来欣赏自己的样子，越来越自恋，到了职业生涯后期竟然发起精神病来。他回到台湾地区后没事做，逐渐沦落，最后只能在片场中当临时演员。在拍古装片时，导演一喊开始，他即刻把假发戴上，即便戴反了也不管，只笑嘻嘻地上镜，弄到最后把这份工作也弄丢了，最后不知下落。我听到这消息后非常替他惋惜。

另外，在片中饰演大女儿的是虞慧，就是当年被派来日本的"精工小姐"，饰演二女的是李丽丽，饰演三女的是沈月明。饰演小女的姐姐，是我疼爱的童星。

片子拍完后，六先生认为不够热闹，下令补戏，但彼时陈厚已因病去世，于是换了金峰代演他的角色。导演也换了人，由桂治洪顶上。这是桂治洪当正导演拍的第一部片子。补拍一事，对我来说是人生中一个很大的打击，但后来想起来，也释然了，这不过是人生过程之一。

陈 厚

在 1969 年, 拍《女校春色》《裸尸痕》和《海外情歌》时, 我和陈厚成为好朋友, 混熟了之后, 忍不住问他: "很多影迷都说乐蒂自杀是你害的, 因为你是一个花花公子。这个结也一直打在我心上, 你可不可以为我解开?"

陈厚叹了一口气: "我从来没有向人提起过, 乐蒂的个性像林黛玉, 她总是怨别人对她不好。我当然

也不好，但不会做出伤害她的事。"

具体细节我也没有追问了，也不需要追问。大家都是成年男女，他们之间有私隐，外人不会明白，我问来干什么呢？

作为一名演员，陈厚是无懈可击的。他总会演绎出导演们想要的效果，加上自己想表达的内容，与导演商讨之后把角色演得完美。

但面对井上梅次、岛耕二等日本人，语言不通，他该如何表达呢？陈厚会把一场戏用三至四种不同的表演方式演出来给导演看，让他们选其中一种，再加以发挥。岛耕二曾经对我说过："这么灵活又优秀的演员，在日本也找不到第二个。"

在拍《海外情歌》之时，陈厚已得了癌症，但他忍受痛楚并未告诉我，在船上一直和我谈笑风生。有时陈厚会扮起莎士比亚笔下的马克·安东尼，背诵他在凯撒葬礼上的演讲。陈厚说得一口流利的牛津英语，读过大量的英国文学经典，对莎翁作品里的经典片段更是熟悉。毕业于上海圣芳济书院的他是位知识分子，平时最爱旅行和读书。

我问他，为什么要那么卖力地表演给导演看，他回答："我不知道导演心里想些什么，所以只有用几种不同的方式来试探。也许他们想把整部戏弄得疯狂夸张，也许他们要的是压抑住的幽默，并不是所有导演看完剧本就知道他们心目中要的是什么。"

在没有他的戏时，陈厚也是西装笔挺地坐在旁边看别人怎么演。他当年也红极一时，但永远不摆明星的架子。我们的船开到了新加坡，但因为海关人员要等第二天上班时才会上船办理相关手续，所以我们迟迟不能下船。新加坡的影迷非常疯狂，听到消息后租了几十艘小艇，坐满了人，向我们的船冲来。

陈厚听到消息后回舱换了一套蓝色的航海双排纽扣西装，白色裤子，悠闲地走出来，双手搭着栏杆，一条腿跷在另一条腿上，摆好姿势，等待影迷来到。

岂知影迷们在远处以为他是另一个人，大喊："杨帆！杨帆！"

当年，杨帆的《狂恋诗》刚上映完了，身旁男女都为他欢呼。陈厚听到了喊声后，把他那跷着的腿收起，从容地整理了被风吹得凌乱的头发，向他们深深地鞠了一躬，退回房间。

这都是我的亲身经历，我也在这些前辈身上看到了悲惨的一幕。不管你曾经有多成功、多红，终归都有谢幕的一天。当这一天来到时，我们都应该向陈厚学习那份优雅。

　　我把手头的工作做完匆匆赶回香港，因为听到了这位老友已住进了医院的消息。

　　坐了出租车赶到半山腰上的明德医院，因为着急事前也没有问清楚陈厚在几号房间，我在前台问那些值班的修女："请问陈厚先生现在在哪里？"

　　"哪一位陈厚先生？"修女反问。

　　"大明星陈厚先生呀！你们应该知道他是谁！"我急得团团乱转。

　　"没有听过就是没有听过！"领班的那个修女板着面孔，一本正经地说。

　　"我是刚从新加坡赶来的，他是我最好的朋友，听说病得很严重了。你们就让我看一看他吧，就算看一眼也行，我今天非看他不可。"我哀求，"我明天就要赶往日本呀！"

　　修女还是摇头。

　　"修女是不可以撒谎的！他明明在这里，为什么你们骗我说不知道！"我已觉得没有希望再见到这位老友了，低着头走到门口时，有位年轻的修女偷偷地塞给我一张字条，上面写着病房号。

　　我马上冲了进去。那些老修女想要阻止，但我已推开了门，看到了陈厚。他跟老修女说让我进来。

　　他人本来就偏瘦，当时看起来体重更是减轻了一大半。陈厚怕我担心，尽量说些轻松的话题，并跟我说"没事的，没事的"，但他知道我是不相信的。换个话题，他说："你没有见到我的新女朋友吧？她是个英国人，长得不算漂亮，但是肯听我的话，我叫她做什么她就做什么。哈哈哈哈！"

最后他说："当演员时，还可以卸妆，但真人卸不了妆，我病成这样，会弄得越来越难看，怎么对得起观众？我还是离开香港的好。我在纽约有些亲戚，过几天，等人好一点儿就会飞过去，那里没有人认识我，我可以安详地走完这段路。"

我握着他的手，向他告别。走出病房时，我看到那个说谎的老修女在外面偷听，也哭了。

陈厚走时只有三十九岁。

在台北的那两年

在台北的那两年

　　回到日本后，我继续买日本影片的版权到东南亚放映。日活公司为了业绩，把版权以五百美金一部的低价出售，其他公司也跟着照此价售卖。我选了不少卖座的片子，包括《盲侠》《眠狂四郎》等。

　　六先生到东京的次数也渐多。一天，他忽然跟我说："你去台湾地区吧，我在那个市场赚的钱，也应该拍些片子花掉。"

于是，我在台湾地区拍了《萧十一郎》（1971），导演是徐增宏。说起来，他是张彻的启蒙老师，虽然张彻大他约十岁。

剧本是古龙写的。我们第一次见面时，他还是一个小伙子。在我的印象中，他的头特别大，喜欢喝酒。导演也好此道，于是他们常在一起泡酒家。所谓"酒家"，是有酒女陪伴的娱乐场所。他们常去的一家，就在我们下榻的南京东路的"第一饭店"。台湾人称旅馆为饭店，但不卖饭；被称为酒家的，主要是卖酒女为客人服务。我虽年轻，但认为这些以陪喝酒为职业的女子，应该像日本的艺妓或韩国的伎生，有点儿技艺才行，而不是说完"先生贵姓"就坐下来干喝酒，故对此兴趣不大。

当年的台北相当灰暗，街灯也不大光明。台北最好的地方就是书多，什么书都有，什么翻版都有，虽然纸张很薄，但我都不在乎。我在东京的书店买不起的书，在台北的书店都能买到翻版，价钱是原版的百分之一，就那么便宜。在中山东路有好几家书店，我经常流连忘返，一买就是几大袋书。我在台北一住就是两年，到了后期，那些书在小房间里已放不下了，还得租另一间来放，反正房租也便宜。

在这段时间，我结交了专搭布景的陈孝贵。他年轻时与人打架，被打坏了一只眼睛。陈孝贵有一辆电单车，常载我外出，我坐在他的车后座四处看景。电单车在路上飞奔，几经惊险时刻，但人年轻，什么也不怕。

人怕的倒是谣言。邵氏台北办公室的职员都看不惯我这个从香港派来的小子，一直向六先生打小报告，说我在台湾不停地搞男女关系，以致有一次亚洲影展在台北举行时，六先生在他的客房中以此来指责我。

其实，此事我现在想起来也没什么大不了，年轻嘛，人又还没结婚，搞的又不是公司里的明星，有什么好说的？事实上，我很遵守家父教导我的"别在工作的地方谈恋爱"这句话。我在邵氏那么多年，不能说没得到女演员们的青睐，但都没有与她们发生过什么绯闻。我常用英语"Don't shit where you eat"（不在吃饭的地方拉屎）来勉励自己。

虽被六先生训了，但我也没反驳，反正自己清白就是。

《萧十一郎》用了当年邵氏的玉女邢慧当女主角，男主角是小生吴东如，后来也到香港当小生，改名"韦弘"，认为"会红"。后来，他虽然一直黏在邵氏掌权的方逸华身旁，但始终没有红起来。

拍完《萧十一郎》之后，邵氏另一部和当地公司合作的《梅山收七怪》（1973）也开机拍摄。这是部特技片，请了日本导演山内铁也执导，由井莉、陈鸿烈和金霏主演。

这些电影的故事情节都不是我喜欢的，反正当年公司叫拍什么我就拍什么，当成工作，尽量把它们完成。

为了找适当的外景，搭布景的陈孝贵租了一辆破旧的计程车，车胎已经磨平了也照开。他带着我，穿山过水，跑遍台湾地区，几次差点儿因路滑而翻入山谷中。年轻嘛，不怕，不怕。

我们在当地的乡下，尝尽当地的美食。如果适逢他们的庙会，每家每户都做了大鱼大肉来宴客，什么

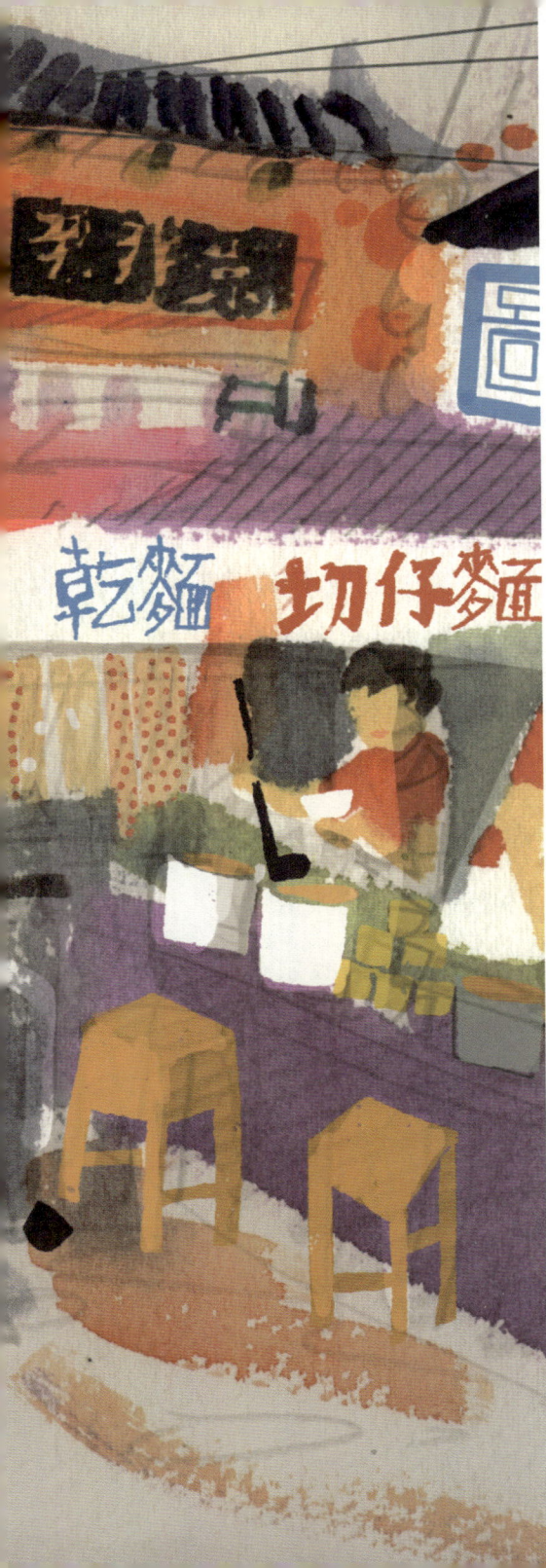

人经过就拉什么人来吃。请不到客人是没有面子的事。

当年的台湾民众是朴实的，也是充满人情味的。

当时台湾地区的娱乐业特别繁荣。

当地最红的夜总会叫"新加坡"，有时候遇到些女子，我问她们是从哪里来的，她们回答说新加坡。我还天真地问她们住在哪一区，是加东还是芽笼。

那个时候，台北市区的管理还相当落后，一场大雨便会造成洪水泛滥，淹没了整个市区，连我住的"第一饭店"的大堂都灌满了水，电梯也停了。我走楼梯下楼，见水淹到了工作人员的腰部，一切工作都停止了。

吃饭怎么办？本来我不会在旅馆里叫东西吃，常到对面的大排档炒个面取回来充饥，但大雨过后，那大排档当然也被水冲走了，旅馆的房间送餐服务也停止了。正在饿肚子时，我从房间窗口望见陈孝贵和几个老友划了一艘小艇来给我送食物，更感台湾人的人情味。

后来，当我离开电影界，组织了高级旅行团，和团友们到世界各地去吃最好吃的东西时，还会想念台北的福建炒面以及街边档口的切仔面。于是，我又组团去了台北无数次。

邹文怀

邹文怀

我在台湾地区拍摄影片期间，一个重磅消息传来：邵氏公司发生了大地震，制片经理邹文怀离开了公司。

邹先生给我的印象是笑眯眯的，似乎永远不会发怒。他人很年轻时头就已秃了大半，留有小撮发在头顶，像日本牛奶糖公司广告中的那个婴儿。他戴着镜片很厚的近视眼镜，本身眼睛已小，在镜片后更是让

人几乎看不到瞳孔。

我第一次到香港时，邹先生还亲自驾着车带我到太平山顶去看夜景。

后来，我们在影展时遇到了导演白景瑞。他刚从意大利留学回来，拍了《今天不回家》（1969）一片，非常卖座，一举奠定了在台湾影坛的地位。

白景瑞一看到邹文怀，即刻跑过来与他热情地握手："邹先生，真的是谢谢你了，你人前人后都赞扬我，令我受宠若惊。"

等他走开后，我问邹文怀："他真的那么厉害吗？"邹文怀笑着说："我们身在电影圈，大家的道路不知什么时候会交叉在一起，说人家好话不要钱的。如果有一天我们要用到他们，这总是一个好的开始。"

邹先生就是那样一个人，永远深藏不露，也从来没有敌人。

在影展的派对上，我们和一大堆女明星一起吃饭，邹先生很会说笑话。"我有一个朋友很喜欢开人家的玩笑。一天，他扮成鬼吓一个胆小的人，果然把那人吓得全身发抖，差点儿口吐白沫。看到被吓到的那人样子不对，他就除下面具，向那胆小的人说不必怕了，鬼是他扮的。岂知那个人继续发抖，声音发颤地说：'我……我……我不是怕你。我……我是怕站在你身后那个鬼！'这次倒把那个喜欢开玩笑的人吓得差点儿昏过去。"

笑话说完，所有的女明星都笑坏了。

邹先生的酒量很好，他对红酒的研究也很深入。

他推荐给朋友买的年份酒后来价钱都涨了很多倍。1982年的佳酿出现时，他跟人说这酒一定会起价，值得收藏，他自己也买了好多。他家中珍藏着香港人最爱喝的 Pichon Lalande（碧尚拉龙）。他收藏的1982年的酒怎么喝也喝不完，也曾送过我一大箱。

原名邹定鑫的他，祖籍广东梅州大埔，毕业于上海圣约翰大学。当年，坊间都传说，上海人做生意最精明，在上海生活的梅州人更是厉害，邹先生就属于这种人。

定居香港之后，因为英文十分了得，邹先生就去《英文虎报》任职体育记者。

六先生从新加坡到香港后，迫切地需要一个经理，经好友的推荐，请了邹先生。他于1957年加入邵氏集团担任宣传部主任，1960年中期晋升为制片主任，到了 1970 年再升为行政总裁。

我从上一辈电影人的口中得知，邹先生对英国人的生活方式以及修养认识甚深，六先生很多这方面的知识都是由他传授的。六先生在生活中的点滴都要和邹先生商量。

邹先生是真的有生活情趣。他的桥牌打得很好，已是世界比赛的级数；后来他爱上了打高尔夫球，在球场上结识了不少成功的商人和政要。

他当制片经理那段时间，公司的大小事务都由他处理。他的办公室就在六先生的旁边，门口总是坐满了要来开戏的导演和其他重要的工作人员。其中，来找他找得最频繁的是何莉莉的妈妈，她最爱找邹先生为莉莉加薪。邹先生对我说过："公司的决策容易解决，最难应付的倒是何妈妈。"

在一个职位上做得久了，总会生出一些弊病，邹先生当年有权签支票给很多员工，不必经过六先生同意。

这时候，方逸华开始进入邵氏，抓出很多小毛病来。她在机构中成立了"采购组"，公司的一切项目，经过她的调查和比较价格，可以节省出许多花销。

六先生当然也不会反对这种做法，生意人，能省则省，于是方小姐的权力也一日一日地壮大。但是，拍电影，时间非常重要，有时因为计较一点儿小钱而耽误电影拍摄或延迟上映档期，反而会造成更大的损失。

这时，邹先生感到处处受到限制，工作上越来越不顺利。电影是"烧钱"才能满足观众的行业，不是省钱就能做得好的。

在某百科中也有这种记录："在1970年，由于邵氏公司吝啬的薪金制度，不满而离职出走的人渐多。"

邹先生在暗中"起义"，本来和张彻谈好一起到外边闯一闯的，但张彻心机甚密，在最后一刻还向金庸先生和倪匡询问到底要不要离开邵氏，装作犹豫不决的样子，其实心中已有答案：他要留在邵氏。张彻背叛了邹文怀，邹文怀第一次做老板就遭受这重大的打击。但毕竟已走到了这一步，他不能退缩。他所创的新天地后来虽几经风波，但最后成功了，这已是后话了。

影城宿舍

1970 年，邹文怀先生离开邵氏自立门户，创立了
嘉禾电影。我被六先生从日本调回香港，接任了邹先
生留下的制片经理一职。

我自认什么都不懂，也没有邹先生的才华，从何
做起？家父从新加坡来信："既来之，则安之。"

虽然我初到影城，但一切似乎已经注定，好像已经

很熟悉。我到这里后的第一件事，就是被安排入住宿舍。

影城中一共有四座宿舍楼，第一宿舍是对着篮球场的三层建筑，第二宿舍是八层楼、有电梯的公寓式房子。第三宿舍和第四宿舍最新，建在影城旁边的一块空地上，前者房间最大，适合大明星、大导演居住，后者则是一座八层楼的小公寓式的大楼，安置单身汉职员。

我被安排在第三宿舍，岳华说："好彩。"

"为什么？"我问。

"如果是第一宿舍的话，那里闹鬼。导演秦剑在里面自杀，演员李婷在里面吊颈，邻居们都说到了晚上有哭泣的声音。"他说。

后来，我认识了来自台湾地区的丁善玺，他给胡金铨做副导演。他爱看书，和我谈得来，我们遂变为好友。丁善玺住在第一宿舍里。

"宿舍里是不是真的有鬼？"我问。

"鬼是没看到过，但是李婷的事我见证过。是我亲自把她从梁上抱下来的。"他回忆道。

"听说吊死鬼是伸长舌头的，电影里面也是这种表现，是不是真的？"

"真的。"他说，"我抱她下来时，她显然断了气，但身体还有余温。我看她样子恐怖，爹着胆把她的舌头给塞了回去。"

"有没有遗书？"

"有，我看过，还记得清清楚楚。遗书写道：'我也知道，如果像有些人那样外出交际，经济情形可以改善过来，可是，我毕竟还是读过几年书的，没法过自己那一关，不可能同流合污……'"

说到这里，丁善玺泣不成声。我听别人说，当年他也是喜欢过李婷的。

　　丁善玺后来回到台湾地区也当了导演，拍过很多戏，我最欣赏的是《阴阳界》（1974），虽是鬼片，但有些旧小说和国画的意境。胡金铨收了他这位学生，没有白收。

　　第二宿舍里住满了从台湾地区来的小演员。当年，邵氏为培养新人，以"月薪四百港元，八年"的合同签了一大批人，现在听起来有点儿像奴隶制度，但当时大家都心甘情愿，也难说谁是谁非。

　　也有一些爱说坏话的人把第二宿舍叫成"农场"，宿舍前面停满了公子哥儿的汽车。那些人等着小明星放工，带她们外出游玩。但是我可以说的是，像李婷那样有志气的演员还是居多的，有一部分人贪慕虚荣

也在所难免。

因为我在台湾地区住过两年，本身又会说标准的"闽南话"，小明星们都爱和我谈天。她们知道，男女关系方面我是绝对不碰的，那么多年来我从来没有闹过绯闻，最多是和她们打些"游花园的小麻将"。所谓"游花园"，就是赌注小得不能再小，输完不必付钱，照打，看看可不可以回本。

我的"十六张台湾麻将"就是那时候学会的，小明星们开玩笑地说这是"三娘教子"，我反说这不叫"三娘教子"，这叫"一箭三雕"。

第二宿舍里还住了一位叫王清的舍监，年纪轻轻，带了两个儿子来邵氏打工。她为人正直，把那群女孩子管束得很听话。她也爱打台湾麻将，经常赢了钱也不收。我也一样，所以和王清也谈得来。

"麻将脚"中有一位"肉弹",她走起路来背弯弯的。因为胸前负担太重,她坐下来时,把双胸"啵"的一声摆在麻将桌边缘,说这才叫轻松。

第四宿舍住的多是各部门的职工,以单身汉居多。

第三宿舍有大牌导演入住,如张彻等;也有高级职员,像主编《南国电影》和《香港影画》的朱旭华先生。朱先生最喜欢我,因为我和他可以谈电影历史和文学绘画等话题。朱先生是位知识分子,也曾经做过电影公司的老板,拍过《苦儿流浪记》(1960)等经典电影。

抗战时期,朱先生改用过一个爱国的艺名——朱血花,用上海话念起来和原名同音。朱先生有两位公子,大的叫朱家欣,是留学意大利的摄影师,后来自创了一家特技公司,名噪一时,娶了影星陈依龄；小的叫朱家鼎，为广告人，后来迎娶了钟楚红。两位公子都是我从小看着长大的。

朱先生的家佣叫阿心姐，广东人，在朱先生的教导下烧得一手上好的上海菜。朱先生经常喊我到他宿舍里去吃饭，当我是他的儿子。他对我的恩情，我一世难忘。

到 了 香 港

到了香港

　　我从日本回到香港，六婶黄美珍即刻为我张罗做几件西装。大概是因为六先生见我在日本时的穿着比较寒酸。

　　那是位于尖沙咀的一家西装店，六先生穿的西装都在那里定制。六婶为我选了好几种料子，是Dormeuil（多美）制品，后来我才知道那是所有面料当中最贵的。

接着我便被安排入住影城宿舍敦厚楼。敦厚楼分两座，也叫第三宿舍和第四宿舍。第四宿舍是一座八层楼的单身公寓，让男演员和职员居住，第三宿舍则是大明星、大导演才有资格住进去的。

我记得第三宿舍里住有何莉莉、张彻和何梦华等人，岳华也住在里面。我房间对面的房间本来是分给傅声的，但他是富人，在附近有大别墅，就让他的好友武师林辉煌住在里面。

林辉煌是闽南人，可与我用福建方言交流。那时候，片场里面有个"福建帮"，很多人是由闽南到香港的，大家一开始都只讲粤语，我来后鼓励众人说"闽南话"，这样比较亲切，结果成了"福建帮"的"帮主"。

因为年轻，我那时认为睡觉是浪费时间。我从在日本那段时间起就迟睡早起。六先生知道我的习惯，早上六点多钟就打电话给我，电话里说的也不全是工作的事，什么都说，看了什么老电影忘记了片名，就要问我。我虽然对别的事记性不好，但一谈起电影来，什么都记得。在新加坡读中学时，我已经编了很多册记录片名、导演和摄影师的资料。当年电影百科类的书很少，也没有在线搜索的平台，查起来不方便，于是我就做起这份工作来，可惜最后没有留下。

关于电影的问题，六先生一问我即刻能够回答，他笑说我是一本字典。得到片名后，他就打电话到各家外国公司，借拷贝来看，看完喜欢的也当然"借用"了。

这习惯养成后，六先生差不多每天一早就打来电话。我早上要比他早起才能在接电话时保持清醒，晚

上又要和岳华及其他友人喝酒，一天只睡几个钟头。

　　当年的影城像一个大家庭，到了晚上拍夜景，导演们为了方便，也会用影城附近的建筑当背景。我记得入住后的第一个晚上睡不着，就散步出来看拍戏，大量的临时演员当中有很多熟悉的面孔，妞妞的妈妈也在。她说反正没事做，赚一点儿外快也好。

　　影城到市区有一大段路。影城大门外有一大片空地，停了多辆福士（大众）的九座车，这就是"交通部"了。演员出行全靠这些车子。车内没有冷气，到了夏天颇热，但也没听说什么人投诉过。

　　大明星当然有私家车，最突出的一辆跑车却不是明星的，而是属于日本摄影师西本正的。他买了一辆福士的跑车 Karmann Ghia，如今看来是辆经典的古董车。

但和六先生的座驾比起来，西本正的车什么也算不了。从影城入门后左转，就是他的名车收集处，车多得放不下。这里的劳斯莱斯就有多辆，其中一辆有两个引擎，一个坏了就由另一个驱动，不必担心死火的可能。

　　另一辆 Cadillac Escalade 也是经典车，不过美国车都是左舵驾驶，当时的香港只容许右舵驾驶的车辆上路，那怎么办？

　　六先生笑着说："我打电话向他们买右舵驾驶的，他们说只能定制，但一定制起来就最少得做十辆，我说没有问题，他们就做好了运来。"

　　"一个人用十辆车干什么？"我问。

　　六先生说："车运来后，我召集了九个朋友，一人买了一辆。"

车虽然多，但六先生最喜欢的还是那辆劳斯莱斯。他一上车就打开报纸来看，从来不浪费一分一秒。六先生本人住在清水湾道的井栏树的公寓中，地方不大，但他说住惯了，舒服就是了。

到后期，通了地铁，六先生一遇到塞车，就跳下车来搭地铁。一个人，不怕有绑匪吗？有人问他。六先生笑着说："大家以为我一定有保镖的，不敢动我。"

没有人敢绑六先生，但有人绑了他的儿子邵维钟。有一天，六先生和我在试片室里看戏，忽然电话响了，从新加坡传来消息：邵维钟被匪徒绑票了。

"要不要停一停？"我问。

"继续放映好了。"六先生不动声色地说，"绑匪要的不过是钱，有钱就有的解决。"

我从来没有看过那么镇定的人。

大家都想知道此事后来是怎么解决的。邵维钟这个人全身是胆，绑匪把他绑走后，将他藏在车的后备厢里，一路颠簸，车锁松了，他就等车遇到红灯停下时打开后备厢逃走了。

　　"他们没下车抓你？"后来我遇到他时问。

　　"我已经逃得远远的了，他们跳下车向我开枪，我就学着电影里面的人，'Z'字形乱跑，他们的枪没打中我。嘻嘻。"他笑着说。

　　他真有其父之风。

影城的马

影城的马

    那座宿舍之中，朱旭华先生家里的沪菜最好吃，何莉莉的妈妈烧的淮扬菜也是一流，而且"以本伤人"，常以昂贵的食材取胜。在一般人的薪金只有四百港元的当年，何妈妈叫她的司机载她到尖沙咀加连威老道走一趟，就能花上一百港元，当时的人听到了都"哇"的一声叫出来。

加连威老道的横街上有数个档口，卖的都是最高档的食材，如今只剩下一家卖蔬菜的，其余已消失。宿舍中有私家车的职员们也喜欢到九龙城街市买菜，当时那里还没有市政大楼，菜市场开在贾炳达道上的一排铁皮屋里，食材应有尽有。

　　没有私家车的人，就搭公司的巴士出城去买菜。邵氏有这种福利，每天都有几班免费的巴士接送工作人员进出。住在附近大埔仔村的人，尽管不是邵氏职员，也可以搭乘。

　　不想外出的人，就等待食材送上门。每周一、三、五，会有一辆卖菜车停在第一宿舍外的篮球场上。车上所卖的食材种类不多，但也够一般人选择。

　　小明星们就等这卖菜车来，买些简单的菜，煮煮方便面，应付一日三餐。巧妇型的演员也不少，有一位叫刘慧玲的湖南姑娘，煮的菜又辣又香，在片场中如果能分到她烧的辣鱼辣菜，我就能连吞三大碗白米饭，吃个过瘾。刘慧玲本人长得十分漂亮，一出现就让人有惊艳的感觉，尤其是她左侧鼻翼旁边那一颗痣，给人一种风骚又多情的印象。演技颇佳的她，不时在李翰祥的风月片中演小丫鬟，又曾在《倚天屠龙记》中演纪晓芙，均有一流的表现。可惜她星运不佳，虽然在孙仲导演的《庙街皇后》中担过女主角，但在其他片子里一直任配角，后来她回到台湾地区归隐，我就没有再听过她的消息。

其他住在影城宿舍里面的人最大的娱乐，是在周末出城去看"午夜场"。当年的午夜场相当于一部新电影的试金石，午夜场成功的话，片子上映时一定卖座。到了周末，大家纷纷乘免费巴士外出，挤进戏院里面去。

有车的人最受欢迎，因为无车的人回程可以搭他们的顺风车，不必挤公司的免费巴士。也有一些顽皮的明星，像王羽和罗烈，他们到了戏院，等戏还剩下半个多钟头要放映时，就互相斗快，在那么短短的几十分钟内，飙车回影城，撒一泡尿，再赶回来，这时戏刚刚放映。

当年从戏院回影城，要走很多弯曲的路，天气不好时路上雾霾很重，勾起了很多从台湾地区背井离乡到香港发展的小明星们的很多感触。她们有些人极有才华，就自己又编曲又作词，作出一首极动听的歌来，歌词到现在我还记得，词曰：

清水湾道雾茫茫

铁窗生活多么凄凉

夕阳西下更悲伤

手扶铁柱向外望

清水湾道雾茫茫

孤苦离家在外流浪

抛弃兄妹爹和娘

如今一切成空想

影途渺茫不堪想

我们今日如同笼中鸟

我们今日如同网中鱼

既不能够自由飞翔

又不能够任意漂荡

清水湾道雾茫茫

…………

将这首歌唱得最好的是林珍奇，她本名林景琪，台湾地区宜兰人，初中毕业后在台北做摄影模特儿，艺名蒂蒂，后加入电影公司，主演了《双龙谷》(1974)等片子，1974年被聘为邵氏基本演员，签约八年。林珍奇星运颇佳，她一开始就担任主角，主演了孙仲导演的《同居》(1975)。当年，她青春洋溢，有点像混血儿，导演要求她演什么她都欣然答应，星途顺畅。年轻的她什么都想试试，常去骑马。

香港的马会有大批马匹，马老了跑不动时就得被人道地毁灭。邵氏的古装片中都需要用到马匹，六先生就跟马会说："那多可惜，那些老马就让我们来养吧。"

　　马会的人乐得听到这样的要求。您要多少匹马就拿多少匹吧，他们说。后来，六先生在影城里建了一个马厩，由一位退休的骑师来训练它们，大家都叫他"马王"。

　　经过训练的马可以拉着马车跑，也可以成群结队地冲向"敌人"。马儿很聪明，听到导演喊"camera"（开拍）就一口气地往前跑，一听到导演喊"cut"（停）就即刻停下，绝对不肯白费一步的力气。

　　只有大明星们才能从"马王"那里借出马匹骑一骑。当年，除了摄影棚之外，后山上还搭了几条古装街道当实景，海岸上搭了一座长桥。张彻的很多武侠片，像《独臂刀王》(1969) 等，都是在这座桥上取过景。这座桥一直延伸到了海边。

当年，有许多台湾地区的人偷偷潜入到香港。他们从海边上岸，躲起来，待熟悉了香港的环境后再跑出来。这时，即便遇到警察，他们也可以声称自己是香港人。

狄龙常在戏里骑马饰演大侠，在现实生活中也喜欢骑马。他经常一早就骑着白马在后山跑。有一个偷渡者在山上遇到骑马的狄龙，以为自己经历时空旅行回到了古代，跪下来喊"大侠救命"，狄龙也很仁慈地指点他们。

林珍奇也要学骑马。马儿最初很听话，但突然发狂并冲到了录音间，又一下子停住，强大的惯性让林珍奇整个人摔向墙壁，差点儿粉身碎骨。但吉人自有天相，她最终还是有惊无险，康复出院。她息影后嫁给了一位卖冷冻肉的商人，后来无聊时开了一家叫"扒王之王"的牛排店，生意滔滔。她先生把这家牛排店抢过来做后，她本人就退休了。目前，她在香港和台湾地区两地生活。

致命伤

在六先生身边那些年，我学习到一件事：不管做什么事，都要认真地去做。

六先生从一句英语也不会说，到最后能以英语对答如流，都是因为他认真地去做、去学。

六先生后来能够那么长寿，也得益于他很有规律地健身，如学练太极拳等。他的那种毅力，不是一般人能拥有的。

坐上他那辆劳斯莱斯后，他的第一件事就是打开后座那盏小灯看报纸。他爱看的只有《星岛日报》。我问他为什么只看这份报纸，他说："时间已不够用了，世间发生的大事只有那么几件，看一份报纸已经足够了。"

六先生也有自知之明。他上了年纪后，知道自己的记忆力一定会衰退，就在西装的口袋中装上一盒硬卡纸。那是四角镶金的牛皮硬板，中间塞上白色的纸张，他一想起什么事，即刻用铅笔记下来。他的字写得很小，但非常用力，常常透到第二张纸上。做过什么承诺，他一定会记下。

回到办公室里，他就叫秘书把小纸片上写的事输入备忘录。他有两个秘书，一个专记中文，另一位专记英文。英文秘书是位来自英国的女士，用的是速记的方法，用蚯蚓一样的符号迅速记下他的一言一语。

六先生还有厉害的交际手腕。六先生很爱开派对，他在片场中建了一座别墅，但自己并不住进去，只是用来宴请一些嘉宾。别墅中也有家豪华的戏院，常放映一些新电影。那些电影都是未经电检处审核的，像《巴黎最后的探戈》（1972）一类的，片中的大胆镜头也没被剪掉，常被观众津津乐道。大家都感到被邀请到这里观影是一种荣誉。

他吃的东西非常粗糙，家佣们做的餐也照吃。六先生认为，西方人都不太会吃。他用的餐具倒是很讲究，比如，他有一只此前没人用过的鱼翅碗。这只碗有可以拧紧的圆形银盖子，下面可点蜡烛加热，这得到了"洋人"的叹赏。

他喜欢喝一种叫 Pouilly-Fuissé（普伊 - 富赛）的白葡萄酒，一箱箱地往家买。当年那酒也便宜，但外国人朋友感觉非常高级了。

设宴之前，他一定自己走一趟，检查会场有什么不妥。我曾认为这是浪费时间的事情。一次，他检查时，刚好发现一个银幕的控制开关坏掉了，转头跟我说："要是没有亲自看过,到时候从哪里找电工来修理？"

六先生邀请的嘉宾名单上也不乏政府要员。和这群人熟络后，遇到什么行不通的事，他便会叫秘书打一个电话去，但凡不是为难的事，大家都会给个面子。他宴请这群人当然是有目的，但也不是每一个大人物平时都肯花那么多时间来做这些事，可以说他是用心良苦吧。

在香港电影的黄金年代，邵氏片场每年得制作四十部电影，才够维持一条院线的运营。六先生说："什么戏都要拍，这种题材的戏观众看厌了，就换拍另一类的。观众永远不会满足，永远要用新的片子来喂饱他们，这样我们才能生存。"

"那得拍些什么呢？"我问。

"什么都可拍，就是不能拍观众看不懂的，不然他们会背叛你。"他说。

六先生的眼光很准，也许是他在这一行已经做了很久的缘故吧。

"万一有一部失败了呢？"我问。

"很少有万一的情况。"他说，"就算有万一，票房不会骗人。如果第一天放映时没有人去看，那么就得马上换片，保住这块招牌最要紧。"

后来，他还叫人在片尾添加上一行字幕："邵氏出品，必属佳品。"

　　年轻人都喜欢看一些带艺术气息的片子，我年轻时也对电影有一点儿所谓的抱负。我跟六先生说："一年拍四十部，就算有一部有艺术性但不卖座的片子，也不要紧呀。"

　　六先生笑着说："一年拍四十部，为什么不四十部都卖座，一定要其中一部亏本呢？"

　　"好莱坞也是商业电影为主，但他们的作品也有些是很有艺术性的，市场也能接受的呀。"我抗议。

　　"你知道他们的市场有多大吗？"他反问，"当我们也有这种市场，我也肯拍一两部来试试。我不是没有失算过，在观众看厌了黄梅调时我就转拍刀剑片，当观众看厌了刀剑片我就转拍功夫片。总之，动作片最为稳当，从默片《火烧红莲寺》开始就是这个定律。"

"要是观众把武侠片也看厌了呢？"我追问。

　　"那就得拍其他片了。"他说，"如果你爱电影，像我那么爱电影的话，你就会了解，你想在电影行业中多忙几年，什么题材都得拍，就是不能拍艺术片，那是另一种人才拍得好的。我是商人，做商人就要做到底，不能又想做艺术家，又想做商人。电影这一行，是'烧银纸来讨好观众'的，不'烧银纸'的话，就很难赚到观众的钱。"

　　也许，"烧银纸"这句话是造成后来邵氏电影没落的致命伤。

合作片

在 20 世纪 60 年代，邵氏不止雄踞于新加坡、马来西亚，在中国香港地区也有几十万亩的土地，建了片场。

各位如果有机会到新加坡、马来西亚走一趟就会知道，邵氏在新加坡的几栋商业大楼都建在最好的地段；马来西亚的大城市不必说，连小镇里都有邵氏的戏院。在最早期，那些小镇只有一条大街，而戏院的位置就是在大街中央。小镇繁荣后，大街中央的地皮当然变成最有商业价值的，它们都由邵氏公司拥有。

邵氏的电影发行到东亚、东南亚的很多个国家和地区，除日本外，韩国、菲律宾、柬埔寨的最大发行商也都争着买邵氏电影的版权；在越南，在战争前的最后时刻，民众还是挤着去戏院，生怕以后没有电影看了。

邵氏"东方好莱坞"的名声就此建立。美国的权威杂志派人来采访邵氏，报道文章在杂志中占了多页版面。其中一张照片是六先生把他的劳斯莱斯驶进片场，站在车旁，身边环绕着百多位明星。

西方的制片人们当然不会放过这个机会，纷纷前来要请六先生投资他们的电影。这其中有一位是小艾伦·拉德（Alan Ladd Jr.），他父亲拍的《原野奇侠》（*Shane*）（1953）当时很多人不会忘记。拿着这块招牌，小艾伦·拉德来到香港，奉上一个剧本，请六先生投资。六先生把剧本拿来给我们看，好家伙！这是一个充满色情、暴力的科幻题材电影，片名叫《银翼杀手》（*Blade Runner*）（1982），男主角已内定了在《星球大战》（*Star Wars*）（1977）中有过精彩表现的哈里森·福特（Harrison Ford）；导演则是雷德利·斯科特（Ridley Scott）。雷德利·斯科特拍过的《异形》（*Alien*）（1979）被称为最接近斯坦利·库布里克（Stanley Kubrick）的《2001太空漫游》（*2001: A Space Odyssey*）（1968）。

"剧本的娱乐性丰富得不得了。"我说，"为什么制片人还要在好莱坞以外找投资者？"

"我也问过同样的问题。"六先生说，"他们回答，在好莱坞，大公司一投资影片，便在拍摄上有诸多的条件和限制，意见多多。小艾伦·拉德和导演签的合同明确了在创作上有自主权，所以他来找我。"

这也就意味着，天文数字的金钱投了进去，却一切不能过问，所得的只是在字幕上打出的投资者的名

字。聪明的六先生因为在之前投资的《地球浩劫》（*Meteor*）（1979）上"损过手"，所以在合同上加了一条："电影发行后的第一笔收入，首先归还投资者。"

这部片子后来成为科幻电影的经典之一，但导演为了创造独特的风格，把电影拍成科幻片中的黑色作风（Film Noir），删剪了剧本中的许多情色与暴力的镜头，剧中整天下着雨，阴阴沉沉的。这片子在票房上是失利了，但赚得很多影评人的赞许，成为科幻片的经典，在艺术上的成绩高过《异形》。

但是，六先生没有亏本。各位在片头片尾上，还是可以看到他的名字。

其实，六先生的野心早在 20 世纪 60 年代末

就开始显露了。有一天，从美国的好莱坞寄来二十几个木箱的资料，六先生叫当年到港学习制作的三先生的大儿子邵维锦和我去打开来看。物品是米高梅公司寄来的。

木箱里面塞满了影片制作之前的准备材料，除了几个版本的剧本之外，还有数不清的研究报告，如香港数十年来的天气报告，等等。

原来，这是《大班》（*Tai-Pan*）一片的服装和道具分析报告，六先生准备拍这部电影。这部电影本来是米高梅公司想拍的，但因为种种问题没有拍成。六先生从米高梅公司的手中买下这部戏的版权，连带它的一切资料。

好莱坞方面跟过来几个资深的制作人，由我带着到香港的各个小岛去，考察在哪里可以呈现出早年香港的港口面貌。六先生雄心勃勃地要把这部电影拍成一部可以在全世界发行的大制作。

拍这种电影需要一个"巨星"，六先生看中的是史蒂夫·麦奎因（Steve McQueen）。于是，六先生和他的经纪人约好在一家酒店见面，然而对方竟然没有出现，这等于捆了六先生一耳光。一气之下，他打消了制作这部电影的念头。这是甚为可惜的一件事。

其他的合作片项目继续进行。最早找上门来的是英国的汉默电影公司（Hammer Films）。这家专门拍僵尸片的公司和六先生一拍即合，合作了《七金尸》（*The Legend of the 7 Golden Vampires*）（1974），票房成绩平平。对方因为有邵氏在制作方面的支持，省了不少制作费；邵氏把它当成是四十部片中的一部，也没多花什么钱。

汉默电影公司同时拍了一部叫《夺命刺客》（*Shatter*）（1974）的悬疑动作片，选用了过气的好莱坞明星斯图尔特·惠特曼（Stuart Whitman）。由于剧本没有做好，汉默电影公司又炒了导演鱿鱼，后来是老板迈尔克·卡雷拉斯（Michael Carreras）亲自上阵把片子完成的，最终的出品当然是"不汤不水"的失败之作。

合作片的成绩都不理想，西方制片人只是想占点儿小便宜。邵氏自己投拍的动作片《天下第一拳》（1972），反而在西方卖了个满堂红。西方的发行商看亚洲的电影公司制作的电影，总觉得在拍摄和剪辑上乱来，让人看得头昏眼花。他们看中这部戏，是因为来自韩国的导演郑昌和，在手法上按照好莱坞的规矩，镜头一个个交代得很清楚。这部电影很像西方电影，观众一下子就接受了。

这部电影首先在意大利卖出了好票房，接着在世界上多个国家发行，成为邵氏在海外最卖座的电影之一。

海外嘉宾

邵氏制作的《天下第一拳》（1972）在意大利发行时改名为《五根手指的暴力》，取自片中主角用"鹰爪功"挖破对手肚子的场面。西方观众从没看过这样的动作片，大呼过瘾。

意大利导演安东尼奥·马格赫特（Antonio Margheriti）抓住这个机会，请《黄昏三镖客》（*The*

Good, the Bad and the Ugly）（1966）中的李·范·克里夫（Lee Van Cleef）和《天下第一拳》的男主角罗烈拍对手戏，推出了《龙虎走天涯》（*The Stranger and the Gunfighter*）（1974）。这部电影在香港发行时，发行商觉得片名太长，于是改为 *Blood Money*（《血钱》）。

李·范·克里夫来港时已深深中了酒精的毒，手中一定要有一瓶伏特加，一天喝数瓶，常喝得不省人事。他的头已秃，如果他演反派的话，秃就秃吧，没什么要紧的，但演正面的英雄，其形象就不佳了。好莱坞的团队为他做了一个完美的头套，那是个圆圈圈，从哪个角度看都是一样长短的假发。为什么那样做？方便他戴！他只要把头套往头顶中间一贴，就能遮住那秃头。每次轮到他上阵，我都要去把他扶起来，忍受着他那奇臭无比的口气，把他拉到镜头前面。说来也奇怪，导演一喊"camera"，演员的天性就自动地发挥出来，不管有多醉，他都能把戏完成。我一向感叹，做演员天生就要有这种才华。

另一位主演是罗烈。他来自印尼，是位祖籍福建的华侨。我早在第一次来港时就和他成为好友，当年他和午马两人是好友，常黏着张彻蹭免费餐。罗烈有一身强壮的肌肉。有一次，六先生还按着他手臂上的那块"老鼠肉"，开玩笑地说可以拿一百万港元来和他交换。

罗烈是位好演员。他控制不了眼部神经，眼角会不停地跳动，看起来像在不断眨眼。可是一站在镜头面前，他的眼睛即刻发出光芒，眼角也不乱跳了。

邵氏影城是一个巨大的工厂，在这儿工作的人都是一颗颗小螺丝钉。邵氏出品的片头上的监制字幕，不管片子实际是谁负责的，都轮流地挂着邵逸夫和邵仁枚的名字。

越早知道这个事实越安心。我在邵氏的那些年，锐气已被磨光，此后没能有什么作为，是我一早就接受的了，好玩的是其中交往的各种类型的朋友和解决制作难题，以及出外景时的乐趣。

慕名来这"东方好莱坞"的人的确不少，可能是因为我精通外语，招待嘉宾的任务都交给了我。我印象最深的是摩纳哥国王和王妃。来影城参观时，他们两人已上了年纪，都有点儿发胖。葛丽丝·凯莉（Grace kelly）大概还对电影念念不忘，来到香港说什么都要来邵氏影城走一趟。我带着他们四处走，王妃看到有剧组正在拍摄非常感兴趣，问长问短，国王则甚少发言。这时，方小姐一派人纷纷不懂礼貌地挤上来要和王妃

合照，我要阻止已来不及。王妃只是略略皱一下眉头，但自始至终保持着王室风度，此事我记忆犹新。

当年喜剧演员丹尼·凯（Danny Kaye）也来了，带着的是他的"太太"——一个肥胖的中年男人。"太太"喋喋不休地骂这个骂那个，被丹尼·凯大喝一声才住声。若非亲眼所见，我真不会相信丹尼·凯是个同性恋者。另一个喜剧演员班尼·黑尔（Benny Hill）就正常得多，不过可能是这一行的饭吃得太久了，凡一对着镜头，他即刻发挥喜剧才能，做些鬼脸才肯罢休。

前来拍戏的彼得·库欣（Peter Cushing）又高又瘦，整个人保持着英国绅士的形象，温文尔雅，说话也很小声。他告诉我他的名言："谁会想看我演哈姆雷特？很少吧？但有几百万人都想看我扮僵尸杀手，我当然也乐意扮演。有时候观众会觉得我是一个怪物，但我从来没有扮演过那些角色，我演的只是杀怪物或制造怪物的人。

"其实，我是很温柔的人，我连一只苍蝇也没有杀过。"

"那你平时喜欢做些什么？"我问。

"我喜欢用望远镜观察鸟类。"这个答案是我预料不到的。

德国拍艺术片的导演维姆·文德斯（Wim Wenders）也来了。他老是问我："你们为什么不拍一些可以参评大奖的电影？"

我老实地回答："我们不会呀。"

彼得·博格丹诺维奇（Peter Bogdanovich）也来了。他是影评家出身，早期导演的电影，像《最后一场电影》（*The Last Picture Show*）（1971），得到过无数人的赞赏，后来也拍了一些卖座的好莱坞片，像《爱的大追踪》（*What's Up, Doc?*）（1972）。他本人言语无趣且自大，一直说他有多少个管家。在美国有管家的人是不多，但无须向我这种年青小辈炫耀吧？我和他一起吃饭时，更多是看他的太太斯碧尔·谢波德（Cybill Shepherd）。他太太当年的确是一个大美人。

来邵氏片场的也不全是演员和导演，我印象最深的反而是位记者，一个叫奥琳埃娜·法拉奇（Oriana Fallaci）的意大利人。当年我还不知道她是一个厉害人物，只是和她很谈得来。后来，我去罗马旅游时也找过她，请我吃饭时她喝醉了，说起她当战地记者时出生入死的经历。看到我不相信的表情，她马上把衣服脱了，身上伤痕累累，我不得不服。

第二代

第二代

    三先生有两个儿子——邵维锦和邵维锋；六先生也有两个——邵维铭和邵维钟。他们都是"维"字辈，名字之中有一个金字旁。

    维铭像妈妈，很有"福相"，一直笑嘻嘻的，曾被六先生派到香港学制作。他觉得，那么辛苦做事干什么？在新加坡享清福多好！住大宅，出入有人接送，新加坡小食也好吃，不一定要来香港享受鲍参肚翅。到香港待了一阵子之后，他向六先生说还是新加坡发行的工作较适合他，很有技巧地"告老还乡"。

维钟的样子和六先生一模一样，不笑的时候令人望而生畏。他来到香港时，已是方小姐掌权邵氏的年代，一切支出都是她来批准。维钟在香港住了一阵子之后，说薪水太少了，再下去可能要向方小姐申请"per diems"了呢。"Per diems"是每天出差津贴的意思，外国工作人员来港，除了工资之外每天都可以领取一定数额的零用钱。

兄弟两个都是聪明人，没有正面与方小姐发生冲突，只吵着说不再住下去了，六先生也没法子。

三先生的大儿子邵维锦就比较喜欢电影制作这份工作，带了太太及两个小儿子举家来港，用父亲的钱在影城对面买了一间豪宅。他出手阔绰，又买跑车又买游艇，过着自己喜欢的生活。

邵维锋是和哥哥同时来的。他是邵氏第二代中长得最英俊的成员，人很高大，性格又和他母亲一样温和，尚未结婚，个人条件非常好。

但对爱情专一的他，早年邂逅了一位航空公司的空中小姐，之后便一直和她在一起，绝不在外拈花惹草。

家里对他这个对象是持反对意见的，都认为他可以娶个富家小姐。那时候，邵氏也和许多新加坡的大家族结交，后者的女儿们都愿意嫁给他，但维锋从来不看她们一眼。他平时喜欢跟着哥哥出海钓鱼。

平日在片场中，他爱结交各个部门的小人物，向他们学习各种技巧。其中，他最好的朋友是负责爆破效果的阿刘，两人时常结伴出行。外国的摄影队来港时，一有爆炸场面他就跟着去开工。

有一次，阿刘在制造炸药时发生意外爆炸。在最紧急的关头，邵维锋一个人冲进去，把阿刘抢救了出来。阿刘住院时，维锋每天去探望，等他康复后仍旧跟着他开工。

维锋穿着随便，任何一个人在片场中遇到他都不会联想到他是大老板的儿子。为了方便出行，他买了一辆日产二手车。对这辆车，他非常爱惜，去到哪里都离不开这辆破车，到最后回新加坡时还千方百计地把车子运了回去，修理完了再修理。

回到新加坡后，邵维锋继续和那位英文名字叫Diane的空姐来往。后来，Diane 生了一场怪病，手指和脚趾的关节肿了起来，行动更是不便。此时，家里人又催他娶别的女孩子。维锋平时很孝顺，很少违反父母的命令，此时却坚决地拒绝。

这段关系一直维持了几十年，到了最后，Diane 已经不能走动，去看病时，维锋照样驾着他那辆破车，替她打开车门，抱着她去看医生，一直不离不弃。这种情爱，写成剧本，也没有几个人会相信吧。

Diane 的母亲叫沈云，是演员金峰的太太。金峰是潮州人，与沈云在演舞台剧时认识并结婚。金峰也曾红极一时，和多位明星合作过，如钟情等，但也从来未搞出过绯闻，是位好好先生。

在 1971 年，作为邵氏基本演员的金峰参演了韩国导演申相玉执导的《哑巴与新娘》，凭此得了第九届金马奖最佳演员特别奖。很少有人知道，他的父亲是中国电影化妆界的一代宗师方圆。方圆是典型的艺术家，蓄了全白的胡子，每日修剪，是一位美髯公。

And they live
happily
ever after ......

The End

他曾在《船》（1967）一片开始时登场，如果大家重看此片便能见到他。

金峰和我合作过《遗产五亿元》（1970）一片。在日本拍此片时，我们每天用潮州话相谈甚欢。沈云则在拍《女校春色》时和我成为好友。

沈云是位贤妻良母，供儿子到美国波士顿去留学。第一次飞去探望时，儿子说给她一个惊喜，还准备了被单和野餐用具。沈云问，这是要去哪里，儿子也不答。

两人一路走到一个宽阔的公园，找到一角，儿子铺了被单，让母亲躺着，看天空中的云朵，旁边有一支交响乐队在露天表演。这种情景在香港何处觅？沈云爱上了波士顿，于是举家移民，在那里开了一家中国餐馆谋生。由于餐馆食物味道出众，许多美国的知名人士都前去光顾，不久就成为当地名人聚集的场所。

后来，方圆和金峰相继去世，沈云听到女儿 Diane 在新加坡走了的消息后就回来了。邵维锋为她买了一间豪华公寓让她安享晚年。

维锋现在在干什么？他仍在邵氏大楼里上班，做电影发行的工作。到了假期，他会和他最好的法国老友出海钓鱼，过着平凡又悠闲的生活。

人生经验

　　在几个第二代中，三先生的大儿子邵维锦对影城的贡献最大。从前，灯光器材非常笨重，尤其是那盏一万烛光的灯，大如巨型货车车轮，要巨汉才能搬得动。在拍合作片时，邵维锦留意到外国灯光组带来的石英灯不但轻巧，而且有一万两千烛光，一个普通人两手提两盏也不是问题，效率大大提高。于是，他就向六先生提出，是时候买一批这样的灯了。

在"一切应省则省"的原则下，方小姐对此事大力反对，但六先生碍于邵维锦是三先生的儿子，总要给三分薄面的，就批准了这项采购计划。

在20世纪70年代末期，邵维锦与我远赴意大利，拜访了著名的灯具公司Sirio，并采购了一大批灯具。除了一万二千烛光的，还买了更先进的二万五千烛光的灯光器材，令香港的电影同行羡慕不已。

除此之外，为了稳定车轨，我们还从好莱坞买了最新型的推车Dolly；另外购入了一部车架可以放大和缩小的Spider Dolly，这在香港电影界是史无前例的。

在那个年代，六先生想建一家香港最好的戏院，选址在香港铜锣湾的贸易中心。六先生知道邵维锦对外国器材研究颇深，又因为他在新加坡时管理过多家戏院，就把这个任务交给了他。邵维锦不负众望，完成了"碧丽宫"这家戏院的建造，相信香港老一辈的电影观众都在那里看过电影。

在邵维锦的监制下，邵氏拍了《女集中营》（1973）和《猩猩王》（1977）等电影，版权卖到了多个国家和地区。据邵氏冲印厂的记录，这些电影冲印的拷贝数量相当可观。

邵氏冲印厂建立于20世纪70年代。六先生先派出两名学徒分别去日本的东京视像所和东洋视像所学习，再买入最先进的机器。邵氏冲印厂的冲印效果是香港所有彩色冲印厂中最优秀的。当年，一切有关电影的部门都设在影城里，包括一个专门印刷邵氏电影海报的部门。

上述两部电影的女主角后来都和我成为好朋友。

前者叫碧蒂·杜芙（Birte Tove），是导演吕奇拍《丹麦娇娃》（1973）时请来的。电影中有许多裸露身体的镜头，但她大方得很，一点儿也不在乎，从不遮遮挡挡。她说北欧有太阳的日子很少，一出太阳大家都愿光着身子去晒，这是件很自然的事。至于性爱更是生活的一部分，但和谁发生关系倒是严谨的。他们的思想还是保守的，如果两人之间没有感情是不会乱来的。

她回到丹麦后，我们一直有书信来往。她是一位知识分子，在丹麦的演艺界颇有声望。有一次，我旅行时到了她的家乡，还被她招呼到家里吃饭。她于2016年因病去世，享年七十一岁。

另一部片子的女主角是伊芙莲嘉（Evelyne Kraft），她的姓氏和著名的芝士产品一样，我一直叫她卡夫芝士。她也是一个思想十分保守的女子，不拍戏时喜欢在家做菜和洗衣服，是一个十足的贤妻良母型的女子。她回瑞士后，也主演过几部戏，再后来嫁给了一个地产商人，为后者生了三个儿子。息影后，她专心做慈善工作，也致力于保护动物的福利。她在2009年因心脏病走了，享年五十八岁。

《猩猩王》（1977）是一部模仿《金刚》（*King Kong*）（1973及1976）的电影，是没有什么好谈的商业片，但因需要女主角与野兽合演以及要用到大批的临时演员，只有到印度去拍。我带了导演何梦华和演员李修贤、徐少强等人在印度的森林中拍了两个月的外景，足足吃了两个月的咖喱。

说是咖喱，其实只是在一个大水壶中泡上胡椒粒和盐，倒在破碎的米饭中罢了，这是印度工作人员的午餐。为了表示与大家同甘共苦，我和他们吃一样的

东西。有时我也想要为大家加菜，但当地的制作人员说不能破例。

虽说吃尽了苦头，但是我得到的人生经验和乐趣也是一般人拥有不了的。

我们拍戏的地点在班加罗尔（Bangalore）附近的森林，当今那里已是印度 IT 工业最繁盛的地方。如果当年没去过，我如今也许不会特地想去那里一游。当年的班加罗尔虽说是乡下，但环境十分幽美，天气也不像其他地方那么炎热。那里是许多土皇帝修建行宫的地点。我们拍外景时，入住了一家由宫殿改建成的酒店，那种气派是一般人难以享受得到的。

森林是禁酒的区域。我们每天出入时会将一瓶白兰地埋在森林边界的草丛中，收工后找出来大饮特饮，非常过瘾。

在那儿住久了，我们也了解到一些印度的民生情况。在那么贫穷的地方，电影院却堂皇得很，座椅用天鹅绒铺着，比香港的还要高级。为什么会有那种享受？一次从森林里拍戏回来时，我见到一大群又一大群的人步行进城，原来他们要去看电影。观众要走两个小时才能走到电影院。印度的电影通常长达三小时，载歌载舞，观众花了那么大的力气步行到电影院，影院非得让观众满足不可。

我们拍摄时，有些场景需要用到群众演员。我向当地的工作人员说要两千人，他们说一点儿问题也没有，结果当天来了三千人以上——他们大多是为了中午的那个盒饭。

香港来的员工当然有更好的待遇。我们请了一个女厨师为大家煮饭，菜肴里天天都有鸡肉。我问为什么没有鱼，女厨师问什么是鱼。我在纸上画了一条鱼给她看，并对她说："你没有吃过，不知道鱼有多好吃，真是可惜！"她回答："先生，没有吃过的东西，可惜些什么呢？"

这都是人生难得的经验和教训。

李翰祥

李翰祥

终于，我和向往已久的李翰祥有合作的机会了。

在当学生时，我看过他导演的一部叫《雪里红》（1965）的黑白片，讲故事的技巧、场面与镜头的调度、节奏的收放等，都是划时代的，水平超出一般的"幼稚"本土片，因此我对他十分佩服。我认为，有这样的导演在，中国的电影一定有机会在国际影坛上站稳脚跟。

李翰祥曾在国立北平艺术专科学校学习油画，又在上海戏剧专科学校学电影，可以说是科班出身。他到香港之后从美工做起，得到机会后拍了不少低成本的电影，但直到拍了《雪里红》后才真正得到业界的重视。

　　当时，内地的"黄梅调电影"因歌词和音调都极容易上口，对香港电影造成了一定的冲击。李翰祥向六先生建议，可以借用此形式，于是拍出了《江山美人》

（1962）。该片大获成功后，他乘胜追击拍出了《梁山伯与祝英台》（1963），此片更是风靡华语圈，不但在新加坡、马来西亚大卖特卖，而且在中国台湾地区参评金马奖时，很多人说如果这部片子得不到奖的话，是会引起骚乱的。就那么夸张。

作为导演的李翰祥当然也被捧到天上去了。接着，他撕毁了与邵氏的合约，到台湾地区发展，与邵氏打对台。这些事都已成历史，各位有兴趣的话可以去翻查电影资料。

这样一个人，六先生是否会对他恨之入骨、永不录用？当他发展失败回来求六先生再给他一个机会时，方小姐当然是大力反对的。但六先生就是有那么大的气度，把他请了回来。

那时，他想在邵氏片场大兴土木，搭一个古代市镇，内有小桥流水，一意要重现《清明上河图》中的繁华景象。六先生毫无异议地批准了这个巨大的工程项目，在摄影楼的旁边搭建出来一整条街。

"翰祥就有那么大的本事。"六先生跟我说，"你让他搭什么布景，他都可以一点儿一点儿地搭出来给你看。"

是的，六先生是爱才的，但他更爱电影。为了拍出好的电影，他什么钱都可以花，什么人都可以原谅。

"那不是违背原则吗？"我问他，"做人总不可以没有原则呀！"

"我有原则。"六先生宣布，"我的原则是没有原则。"

李翰祥的长处是他的文学修养。他和张彻一样，能把文字化为形象，而且是第一手的，不像那些不看书的导演们——他们的形象，是从别人的形象中化用来的，已是"二手形象"了。

电影《风流韵事》（1973）讲了三个故事，其中之一是《赚兰亭》。这个故事将绘画中的意境充分地表现了出来。我认为，这是中国电影的经典作品之一。李翰祥也有强烈的表演欲，岳华饰演的萧翼简直是李翰祥本人的化身，萧翼的举手投足，每一个表情，都是他教导出来的。我认识岳华数十年，知道这个角色如果没有李翰祥的示范他是演不好的。

在和李翰祥的交往中，我记得最清楚的是他导演《大军阀》（1972）时的一件事。当时，片中有一个女主角有裸露身体的镜头，演员狄娜不肯演，说李翰祥事前没和她说要这么拍，李翰祥则坚持说事前已说好的。两个人都说自己没错，摄影棚里员工都停下手中的工作，不知怎么解决。六先生派我去说服狄娜，我领命后硬着头皮走进狄娜的化妆室，跟她说："你们各有各的道理，谁是谁非我管不了，可是整组人开不了工，都是你们两人害的。"

狄娜听后有点儿犹豫。我接着说："导演说，只要拍个背影就行。西班牙'国宝'画家戈雅也画过那么一幅画，人们都说画得美，并不觉肮脏。"

结果是我成功说服了她。李翰祥大概欣赏我这个小子有两把刷子，又在文学和绘画上和他谈得来，从此与我合作愉快。

在拍了一大串的风月片后，李翰祥替六先生赚了不少钱，也证明六先生把李翰祥收回来的决定是没有错的。后来，李翰祥得了心脏病，差点儿死掉，六先生花巨款送他到美国去治疗，让他捡回了一条命。

病愈后的李翰祥继续为邵氏工作，拍了《倾国倾城》

（1976）和《瀛台泣血》（1976）等宫廷片，让没有去过故宫的观众发出由衷的感叹。他搭出来的布景是那么逼真。

布景越搭越大，花钱如流水，凡是李翰祥想要的，都能跳过方小姐成立的"采购组"，直接由六先生批准。因为此事，方小姐屡次向六先生投诉李翰祥不给她面子，一唠叨起来就是一个多小时。

那些场面都是我亲眼看到的。六先生有一个习惯，听电话时喜欢把那条卷曲的电话线拉直，然后不断地揉捏。方小姐在电话里投诉得越厉害，他揉捏得越剧烈，并皱着眉头说"知道了，知道了"。

六先生为什么要忍受这些，这是他们两人的事。我在旁边看着，却无法帮忙解决六先生的烦恼，只感到那个女人是厉害的，她把一点一滴都记得清清楚楚，什么事都能从头到尾不厌其烦地投诉，而男人只能听、听、听。

终于，宫廷片、风月片不再卖座了，就像六先生说的那样，观众们始终是"喜新厌旧"的。从来不看制作预算的六先生也拿到了经由方小姐交来的一沓沓的账目。与此同时，当年片场中谣言满天飞，说李翰祥把戏中用的古董道具都据为己有了，等等，到了最后，六先生也只能让这位老将离开他的身边。

美好年代

对一个喜欢电影的人来说，能生活在邵氏片场中是件幸福的事。

那些年，我每天看电影，又与一群热爱电影的人待在一起。相比那些大明星、大导演，我更喜欢与电影行业里的"小人物"做朋友，听他们讲故事。

每个摄影棚的外面都设有长凳供工作人员休息，

但坐在那里的多数是一些特约演员。这些人你可能在电影中见过，但你永远叫不出他们的名字。他们每一个人都有一段自己的小故事，让人听得津津有味。他们年轻时几乎都对电影有一番抱负，年纪大后逐渐了解人生和机遇，最后虽然接受了现实，但仍依依不舍，甘愿做个"跑龙套"的小角色。

更有趣的是电影制作部门的工作人员，如搭布景的技师。当年是香港房地产业发展的高峰期，工地需要大量的建筑工人，日薪已高达数百港元。一天，我遇到一个搭布景的工作人员，问他："建筑工人的工资那么高，你怎么还留在片场里？"

他笑着回答："蔡先生，在这里虽然月薪低，但是我们几天就能搭出一间房子；外面那些高楼大厦，要几年才能搭起一座，多闷呀！"

何止一间房子？他们还能搭出小桥流水，搭出整座的城堡，搭出空间站来。只要是设计师能设计出来的，他们都可以很快地建出来。

道具部的花样更多，制作刀剑是他们的拿手好戏。武器道具从粤语片时代那种假得厉害的贴着银色纸片的木刀，发展到后来几乎可以以假乱真的铝制兵器，经过了很长的一段时间。这要拜赐于导演们的要求。胡金铨在拍《大醉侠》（1966）时，让道具部做了一批铁制的剑，道具才开始逼真起来。女主角郑佩佩持剑挥舞，出招又快又狠，与她演对手戏的武师们都很怕她。好在铁剑都没有开刃，不然的话，她不知道要打伤多少人。

胡金铨觉得电影中古装人物的头套很假，戴上后好像多了一圈头皮，便要求演员们尽量用自己的头发，再接上假发，以减轻头套带来的虚假感。后来，邵维锦来港时，我跟他说英国演员同样戴头套，尤其是饰演"007"的肖恩·康纳利（Sean Connery），戴上头套后简直看不出他是个秃头。后来，我们在英国参观片场时，高价买了一批织得很细的纱。道具组用那些纱一针针地缝上头发，这才让头套更加真实。

片场中还有化妆部，大小明星都同时在这里化妆，没有分阶层。方小姐入驻影城之后，样样节省，骂着说化妆大盒里用的面纸太贵了，其实当今的厕纸也一样柔软，于是下令改用厕纸。有一位意大利导演参观过化妆部之后笑着问，为什么用大便纸来擦面，是不是演员都有一张像屁股的脸？

我在片场中自得其乐，即便到了高级职员都休息的星期天，也照样去巡视一番。

记得，有次因台风袭来，整个片场停了下来，不然每天早晚都有人在拍戏。即便在台风天，我也照样到里面走走，看看台风带来多大的损失。当我走在摄影棚之间的路上时，忽然有一大块剥脱了的铁皮向我飞过来。好在我当时还年轻，反应快，即刻整个人趴倒在地上，才堪堪避过那块铁皮，不然头皮一定会被削去一半。

　　从我的办公室到后山，有一大段路，为了代步，我买了一辆福士甲虫车（大众甲壳虫），那是香港第一批自动挡的车。这辆车只有两挡，将换挡杆推前是前进，拉后是倒车，方便至极。片场靠海，车用久了，排气管被海风锈穿了一个洞，车一发动就发出隆隆巨响，我也不去修理，开起车来"噼噼啪啪"的，前面的人一听到就避开，威风得很。

　　片场的后山上建有多座布景，有座巨大的桥，有座庙宇，还有大街小巷。经过这些布景，再往山下走，就见到海了。平时这里没有什么人去，因为还要爬一段峭壁，但是日本来的灯光师们不怕辛苦，不拍戏时他们就会带上潜水衣到海中捞蝾螺，再到海边生个火，把蝾螺烤熟来吃。反正这东西在海里多的是，怎么吃也吃不完。

片场离市区遥远，离西贡却很近。我们招待外宾时，常带他们去西贡吃海鲜。当年，那里的海鲜便宜得很，一只十多斤重的本地龙虾也要不了多少钱，其他的鱼类更是便宜。

我记得有次倪匡兄来片场开会，中午我带他到西贡。他最爱吃鱼，恰恰西贡什么鱼都有。我看到有只巨大的游水墨鱼，就叫大厨把它活生生地切片来吃刺身。当年，没有多少人敢吃生的东西，周围的食客见到倪匡兄和我把一整盘墨鱼刺身送进口，惊得目瞪口呆。我们两人笑嘻嘻地把整只墨鱼吞了个干净。

去西贡还有一个乐趣，那就是被工作烦得想辞职时，就去岸边租一艘小艇，请船夫把小艇划到附近的小岛上，然后拿一个凿子跳上去，把寄附在岩石上的鬼爪螺一只只凿下。好家伙！它们有胖子的手指那么粗大。用海水把鬼爪螺冲个干净，剥了软皮，就那么生吃，鲜美到极点。当今这种螺被美食家们捧上天，尤其在西班牙，简直如鱼子酱那么贵了。我们当年就把它当花生米一样来下酒，一乐也。

我后来看到一张照片，影城门口的大厦荒废了，我便又想起当今的清水湾。如今，那里的海水也不再清澈了，海洋已被污染。那美好的年代，已然消逝。

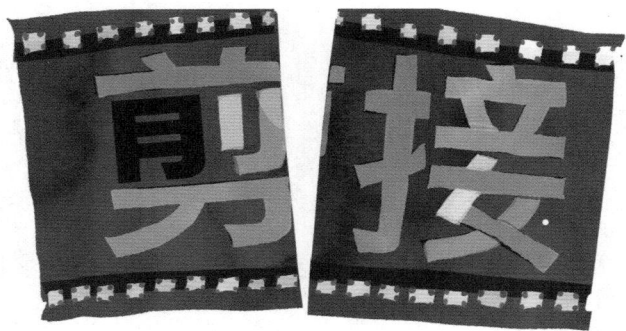

剪　接

喜欢看电影的人，看得多了，通常就以为自己可以当导演了。拍一部电影，不是那么难的事嘛，他们说。

什么是导演？导演是一个说故事的人。说书者靠的是口才，而导演靠的是镜头和剪接的组合。

如何成为一名导演？早前，一个人想成为导演，都是从学徒做起的，最初是片场中的"跑腿"，很勤快，导演还没有叫到就先跑去做事了，全组工作人员都会喜欢他；"跑腿"做久了就可以当场记，场记的工作是把所有的镜头都记录下来；场记做久了就可以试着写剧本，会写剧本就可以做副导演了。一步步地，副导演在电影圈中浸淫多年，有朝一日得到机会，就可以升上来当导演了。

后来，一些幸运的人可以上大学学电影编导专业，但毕业出来也要到现场学习数年。在大学上课时，大家都以为自己毕业后一下子就能当导演，教授则阴阴地笑，说："你们自己动手，拍一个贼，他偷了东西逃走，你看见了，就去追，这是不是很简单？你们拍来看看。"

结果同学们东一个镜头、西一个镜头地拍摄完毕，剪接起来，怎么看都不顺。分析原因，原来这里少了一个镜头，那里又拍得太长了，这才知道当导演没那么容易。

这时候教授又说："贼偷东西，逃跑了，你看见了，即刻去追，警察也看见了，以为你是贼，就来追你。你追贼，警察追你，拍出来给我看看。"

大家将镜头剪接在一起，才知道什么叫乱七八糟。片子变成警察追贼，你追警察，贼跑不见了。这时大家才觉察，拍一场那么简单的追逐戏，却一点儿都不简单。

除了这场追逐戏，导演还要用镜头把整部戏的故事交代得清清楚楚。除了说故事，导演还要把故事拍得感动观众，那就更难了。高手说故事，要兼顾到摄影、灯光、道具、服装、配乐、对白、镜头等的运用。

制作电影最重要的环节是剪接。

什么叫剪接？举一个例子，在电影最早期的默片时代中，有一部叫《战舰波将金号》（*Battleship Potemkin*）的片子，拍于1926年。

戏中有一场经典的剪接，叫"敖德萨阶梯"（The

Odessa Steps），剧情叙述的是，军队屠杀平民，一轮又一轮地开枪，母亲被杀，她推的婴儿车从阶梯上滚下，阶梯的旁边有三只石狮子，一只沉睡、一只惊醒、一只狂吼。把这三只一动也不动的石头狮子剪在一起，就能表现出人民已经愤怒了，这也就是所谓的"蒙太奇"。

有关剪接的书，各位可以看《电影剪辑技巧》（*The Technique of Film Editing*），作者是捷克裔英国籍的剪接师卡雷尔·赖兹（Karel Reisz）。后来他也成为导演，其处女作是英国"新浪潮"的《浪子春潮》（*Saturday Night and Sunday Morning*）（1960），他在好莱坞也拍过多部佳作，如《玩命赌徒》（*The Gambler*）（1974）。再次回到英国后，他拍了经典的《法国中尉的女人》（*The French Lieutenant's Woman*）（1981）。读过《电影剪辑技巧》一书的人，对电影剪接会有最基本的概念。但在当年的香港，读英文书的人不多，有些人甚至听也没听过这本书。

在邵氏片场的放映间里，六先生常把好看的外国影片放给导演和重要的工作人员看。邵氏有自己的院线，六先生想看什么新片，发行商都乐意给他看。

记得我们看完《周末夜狂热》（*Saturday Night Fever*）（1977）时，大家已跟着音乐手舞足蹈起来。即便如此，也有很多人不以为然，认为这些电影只能在西方卖座，事实证实他们没什么眼光。

在剪接和镜头的运用方面，我最佩服楚原导演。他不只"跳"着镜头来拍，还"跳"着场景来拍，有时甚至同时拍几部电影，也可"跳"着电影来拍。他是真正懂电影的人。

我们还趁六先生出国时，假公济私地从米高梅公司借《2001 太空漫游》（*2001: A Space Odyssey*）（1968）来看。这是一部让人百看不厌的电影，我们每看一次都

会有新的发现，借完又借，不知看了多少遍。这部电影在剪接上也有很多突破，比如人猿把骨头往上一抛，下个镜头就接上太空船在飞行。

对于剪接，六先生最不喜欢电影中有倒叙（flash back）的技巧，绝对赞同"平铺直叙、从头说起"的讲故事方式。但只要戏拍得好看，他也不十分在乎导演是怎么剪的。

我最尴尬的一次回忆是试片间观看《猎鹿者》（The Deer Hunter）（1978），当时试片间里坐满了外宾。

影片叙述了一群好友在美国乡下的生活。他们在一起生活，有的恋爱，有的结婚，偶尔外出猎杀野鹿，而后回到酒吧喝酒。镜头一转，他们已从军，入眼的是越南的丛林，飞机轰炸，一个村子被夷为平地。

这时，方小姐忽然跳起来大骂可怜的放映师阿邦，骂他怎么可以把菲林弄得这么乱？我悄悄地溜出试片间，头也不回。

配音间

从邵氏大楼出来，爬上三层阶梯，经一条长廊，就可以抵达配音间。

邵氏的配音间有很多个，最小的是配对白的，有时还分两班，日夜开工。在文艺片、黄梅调电影和武侠片盛行的时期，这里配的都是普通话，由毛威主掌，后来由李岚接手。其中男主角的声音听来听去都是由张佩山配的，李岚配的也不少。《七十二家房客》（1973）之后，应观众要求，香港片都改配粤语了，配音间由丁羽领班。

接下来，配音间的主管为柏文祺，他也是秘书处的负责人，娶了女演员高宝树。他们包办了所有外语片的配音，如韩国、日本的电影，都由高宝树负责。高宝树人其实不老，但年轻时已演老太婆类型的角色。后来她自己出来当导演，拍了不少戏。她衣着大胆，上衣的几颗纽扣常常不扣。倪匡兄说，跟她谈剧本时，不知道不看好，还是看好。

日本片的对白没有人能听得懂，配音员们有一句术语，叫"数口型"，一二三四，数演员张嘴多少次闭嘴多少次，按照这个规则填词，就可以配出完美的普通话对白来。

大配音间可以容纳一支四十人的乐队，众人看着大银幕上放映的影片来配乐，制作是非常严谨的。邵氏最后一次出动乐队是配井上梅次的《香江花月夜》（1967），在日本音乐大师服部良一的坚持之下，邵氏从香港交响乐团请了七八十人来伴奏。

自此之后，大配音间久未被启用，墙纸剥落，遂改作配音效的房间用。配音效的工作人员拿了大铁条，在地上敲着，发出的声音就像刀剑交击的声音。另有一个木制的轮子，包上帆布，滚动起来，便发出风暴声。地上有数行跑道，一是碎石，一是柏油，一是细沙，取决于电影中的演员在什么路上走。

没有了真人乐队，如何配乐呢？行内术语叫"罐头音乐"（Production Music）。这种配乐是批量地从外国买来的，没有版权问题，在许多片子里被重复地使用。这也算有良心的做法了。若制作组"懒"了起来，就直接向外国片"借用"。观众如果觉得某段配乐似曾相识时，那很可能是"借用"了"007"系列电影中的插曲。

从邵氏大楼走向配音间的走廊旁边有一间小房子，是用来配背景音乐的。我走过这里时，常会遇到一位笑嘻嘻的长者。他身材略胖，西装笔挺，灰白的头发打着发亮的发蜡，他就是配乐大师王福龄（1925—1989）了。

你也许不知道他是谁，但大多数的影迷都会听过他的名作《不了情》。王福龄来自娱乐世家，曾在上海光华大学及国立上海音乐专科学校就读，到了香港之后为多家唱片公司谱曲，1960年加入邵氏。他为公司配的背景音乐无数，其中包括《船》

（1967）、《金燕子》（1968）和《大盗歌王》（1969）的配乐。

王先生很健谈，我问他关于上海的流行曲、人物的问题他都会详细地讲给我听。他口衔着镶金的烟嘴，香烟抽个不停，一面聊一面哈哈笑。我到现在都还很清楚地记得，他那两只大大的眼睛躲在那副金丝眼镜后面。但若我和他聊到方小姐，虽同事多年，他绝对立刻闭口，只字不提。

王福龄虽然上过音乐专科学校，但英文是不行的，对西方音乐一窍不通。偶尔他也会用名曲来做配乐，但曲子叫什么他就不知道了。对于西方音乐，他全凭感觉，感觉到什么就是什么。

一天，学贯中西的胡金铨听了王福龄配的一段背景音乐后，即刻向他提出抗议："喂，这故事发生在明朝，

浪漫　悲苦　瑞华

怎么会配上 1905 年的曲子？"

王福龄不服："这是一出悲哀的戏，这首曲子我一听就感觉到悲伤。"

"什么悲伤？"胡金铨大叫，"那是德彪西（Debussy）作的曲子，名叫《大海》（*La Mer*），哪来的什么悲伤？"

王福龄在任时，请了一位助理。这位助理因为太年轻，怕别人说他不够稳重，所以留了八字胡扮老，这个人就是陈勋奇了。

陈勋奇的记性奇好，师父要找什么音乐，他即刻就能找到，但对西方音乐同样一窍不通，使用西方音乐也全凭感觉。

后来，他还醉心于学功夫，学了多年，自己登场拍了不少电影，最后也当了导演。至于他做过配乐师这件事，反而没有什么人记得。

在那间小小的配乐室中，王福龄退休，陈勋奇接任。陈勋奇也请了个助手，这个助手很爱音乐，尤其喜欢方小姐所唱的歌。

一天，方小姐来巡查配音间，这个小助手见机会来到，即刻拿出方小姐的唱片请她签名，一方面表现出自己是她的歌迷，另一方面想看看方小姐会不会因此而升他的职。

翌日，他就被"炒了鱿鱼"。

原来，方小姐不喜欢别人提及她当歌星的往事。这时大家又想起了王福龄，说他聪明绝顶。

年轻导演

在邵氏的那些年，我结识了不少电影导演。通常观众对导演的印象是这样的：他们总是戴着黑眼镜，咬着大雪茄，拿一个麦克风发号施令。实际上，老一辈的导演也许是这样的，但年轻的导演往往穿一条休闲的牛仔裤，从你面前走过时你觉得他只是一个普通工作人员。

动作片崛起后，有许多拍文艺片和黄梅调电影的

老一辈导演逐渐失去了工作机会。我记得有一位叫高立（1924—1983）的导演，他曾写过李翰祥导演的《貂蝉》（1958）剧本，得过最佳编剧奖，当了导演后拍过《鱼美人》（1965）等片子。他对我说："我以后怎么办？我们只懂得做这一行，难道要叫我去开白牌？"（注：白牌，非法出租车。）

他们当过导演之后，的确是很多事都做不了了。很多导演是摄像师出身，做过导演后再叫他们去扛摄像机，他们死都不肯；编剧出身的导演也是一样，内心无法从至尊无上的位子上走下来。香港电影的数量的确很多，但导演的数量始终更多一些，怎么可能让每个导演都有工开呢？

新一辈的导演中，与我感情最好的是桂治洪（1937—1999）。他来自中国台湾地区，从场记做起，一步一步做到副导演。是我把他推荐给六先生的，让他有机会当导演。他的代表作品有《愤怒青年》（1973）、《成记茶楼》（1974）等。后来，天映公司用数码修复技术发行了多部 DVD（高密度数字视频光盘），桂治洪得到年轻观众的重新认识。他们大赞其作品的大胆和创新，认为他的作品是 cult（在小圈子内受欢迎的）类片子的始祖。

谈到桂治洪，我就要提起那些鲜为人知的电影。他在马来西亚拍过多部电影。在 20 世纪 70 年代，马来西亚政府认为邵氏在马来西亚赚取了大量金钱，邵氏必须回馈马来社会。于是，六先生就安排我去制作马来电影。我和桂治洪一同到了吉隆坡，起用当地人才，拍了在票房上大获丰收的《爱·吾爱》（*Sayang Anakku Sayang*）（1976）。

随后，他又拍了多部影片。在一座小岛上拍一部马来武侠片时，他不幸染上了肝病。他不抽烟不喝酒，除了太太之外没有别的女人，是一个很顾家的男人。他太太先他一步移民去了美国，说要在那里开一家中国餐厅。桂治洪把积蓄了多年的老本寄了过去，然后来到我办公室里，叫我替餐厅题个字。我为他题完后，他高高兴兴地拿上，跟着移民去了美国。

结果他到了美国后，只见人去楼空，他的钱全部被太太拿走了，只打发给他两千美元。他一个人到处流浪，最后落脚于一个墨西哥小镇，在一家墨西哥人开的比萨店里打工。

多年后，墨西哥老板退休，把店卖给了他。桂治洪接手餐厅后，在比萨中加了些味精。不曾想，这招收到了奇效。墨西哥人没有尝过这种味道，大赞甜美。人吃了带味精的比萨后容易口渴，于是店里的可乐跟着大卖，就这样他也赚了不少钱。他每年最大的娱乐就是搭乘邮轮周游世界。

一天，我接到他儿子的电话，说他父亲去世前留有遗言，死后第一件事就是要通知香港的老友。

另一位年轻导演叫蓝乃才。他出生于邵氏影城附近的一个叫大埔仔的村子，十五岁就在影城中当小弟。他身材瘦小，但像老鼠般灵活，在片场中钻来钻去，大家给他取了个花名叫"老鼠仔"。蓝乃才勤奋好学，得到了日本摄像师西本正的赏识，一步步做到了导演，后来拍了《城寨出来者》（1982）一片。这部电影至今还被影评人赞许。后来，我俩在嘉禾和日本的电影公司合作，未开拍已得到大笔资金，成不败之作。我和蓝乃才合作拍了《孔雀王子》（1988）和《阿修罗》（1990）；同时期，他还被外借给日本的电影公司拍日本影片。他在1992年导演的《力王》，成为"CULT片"的经典，但拍商业片始终并非蓝乃才所好。

因为他结婚早，他与儿子亦父亦友，儿子去到哪里工作他就跟到哪里。2008 年，他还在广东北部山区的福利院里当过义工，后来又在哈苏公司当顾问，周游世界，拍下多幅艺术作品。多年不见他，我很怀念这位老友。

在 20 世纪 70 年代，在香港尖沙咀有一家出名的沪菜馆，叫"一品香"，位于金巴利街，一进门就能看到一个巨大的铜制火锅，卖的是油豆腐粉丝；在另一个凉菜档口，卖数十样小吃，如玻璃肉、熏鲫鱼、油爆虾、酱鸭、红肠等。其菜品花样之多，是当今上海馆子也比不了的。

"一品香"的熟客里鱼龙混杂，熟客中数量最多的是漂亮的欢场小姐，她们常来吃夜宵。我最爱光顾此店，喜欢听伙计和客人讲故事。这里各种人物都有，都是活生生的，让我萌发了拍此类电影的念头，于是我写了《龙虎武师》这个剧本，后来拍成《香港奇案》

（1976）中的一个故事。再后来，这个系列大受欢迎，也启发了后来的奇案片和电视片集。

《香港奇案》启用了多位年轻导演，当然有桂治洪和华山等人。出色的年轻导演里还有孙仲，他拍出了《庙街皇后》（1977）。

孙仲来自中国台湾地区，祖籍山东，脾气火爆。一次，他听到方小姐批评他不懂电影，又在服装和道具的采购中设置诸多阻碍，光起火来，直冲到方小姐的办公室，大声叫骂。

我的办公室就在方小姐的隔壁，我听到了动静即刻出来阻止，说"要打女人先得过我这一关"。孙仲平时和我有说有笑，便也给我三分薄面，此事算是被摆平了。事后有人向方小姐建议，这种人应该"炒他鱿鱼"，但她说千万不可，自己在明对方在暗，万一对方怀恨在心来复仇怎么办？此事最终不了了之。

采购组

在方小姐执掌邵氏时期，员工即便要买一个电灯泡也得先写一张申请单，经方小姐成立的采购组审核后，派人到各家电器行去比价，找到最便宜的，然后替你买来。我们这边急着要用，整组工作人员拼命在催，人家采购组也不管你。

"我们采购组买到的，一定是最便宜的。"

这句话是真的吗？是真的。打个比方，你去东家买，东家给你一个价钱，采购组跑到西家，报出东家的报价，并说给西家长期订单，让西家给他优惠价。当然喽，我是西家的话一定会答应，就算这单生意亏本也要做——提高别的商品的售价就能赚回来呀。

我们拍一场市集戏，布景搭成的街上一定要有些菜档。本来剧组采购的那一档白菜五块钱一斤，但采购组就有本领买到四块钱一斤的。同样的白菜，样子一模一样，但便宜的只摆个一两天就坏了，贵一点儿的那些却能摆四五天。对于这一点，采购组不管，只要有数据给六先生看，证明他们买的更便宜一点就可以。

这儿省一点，那儿省一点。这一张单子，等比价，那一张单子，也等比价，采购组人手再多，时间也得被拉长。整个剧组的工作人员，包括导演、副导演、场记、摄影师、助手、灯光师、服装、道具等，甚至算上倒茶水给人喝的大姐们，小的一组几十人，大的一组上百人——这还不算演员和武师等，所有人的薪金加起来是一个大数目。但是，采购组的人不管，只要有减完价的数目给老板看到就好。采购组的势力越来越壮大，简直就像明朝的东厂。

采购组的原则是，买的东西越便宜越好。日子久了，观众就在画面中看到了次等货，影片水准也随之降低了。张曾泽去拍《吉祥赌坊》（1972）时，用采购组买来的布料做的服装难看到极点，他跑来向我诉苦。我年轻气盛，跑去和采购组的人理论，到最后亲自负责起服装设计的工作。我跑到裕华去找布料，又请了当年最好的师傅来做戏服。这样制作出来的影片，票房成绩明显与其他的不同：许多观众去裕华买何莉莉同款的衣服，也帮裕华赚了一大笔钱。后来，邵氏的服装部再去那里买布料，价钱也算得很便宜。

但是，"小数怕长计"的道理总是行得通的。李小龙来谈片酬，以美元结算，显然是很高的。方小姐说，如果这次答应了，今后公司里的大明星都要求加薪，那怎么办？最终，邵氏只得把这个人才放弃了，钱给嘉禾赚去了。

同样，本来邵氏自己培养出来的明星，如《大军阀》（1972）的主演许冠文，也因片酬谈不拢而被放弃，转投嘉禾。嘉禾的崛起，真是拜方小姐所赐。

之前我也提过，电影是一种"烧银纸给观众看"的行业，样样节省，影片质量当然下降。再加上当年新艺城、德宝等新电影公司的崛起，邵氏在票房上节节败退。

一天，六先生皱着眉头问我："再这样下去怎么办？再下去怎么办？"

聪明的六先生不会不知道症结所在，我说什么也是多余的，方小姐的势力已稳固。六先生知道邵氏在电影界的地盘已保不住了，就转向电视方面发展。他一早就是TVB（香港电视广播有限公司）的大股东，那时候方小姐还没有把魔掌伸过去。电视台是一个巨大的赚钱工具，不过当年我心里也在想：如果六先生用同样的方式管理电视台，TVB终有一天会步邵氏的后尘。

有一天，六先生也和我谈及如何阻止别家公司的发展。我大胆建议："香港的戏院也只有那么几家，把戏院全部买下，他们往哪里跑？而且香港的地皮也只会一天比一天贵，这笔投资是可以做的。"

六先生听后笑着说："你讲的并不是没有道理，但是地产这一行很另类。一碰地产，人对金钱的价值观就会完全改变，一切都以百万、千万来算。这一行不是我们这种一块钱一块钱赚起的人做得来的。"

方小姐在省钱这方面有她的一套，但我从来不知

道她赚过什么钱。当她的势力越来越大时，她曾经夸下海口："我代表了观众，深知观众要看些什么。"

她拍的第一部电影叫《妙妙女郎》，用了歌星老友仙杜拉做女主角。我记得片子于 1975 年 12 月 24 日上映，戏院里面只有阿猫阿狗三四只。六先生做事也够狠，只上映一天就把片子撤下来了。

有一个叫周胖子的，做水饺最出名，因欠了债从中国台湾地区逃到香港来。方小姐获知此事后，就叫他来片场的餐厅里卖水饺。因为水饺口味出色，他的档口开张第一天便排起了长龙。方小姐去巡视后跟周胖子说："就这么一碗碗现做怎么赚得到钱？先煮好一大堆，客人叫到就加汤卖才行呀！"

周胖子大爆粗口："你他妈的什么都会！难道别人都是傻瓜？"说完他拍拍屁股走人了。

兄弟反目

邵氏片场被方小姐接管后，邵氏电影的质量越来越低，票房也越来越差。三先生知道后，一直劝六先生别让方小姐插手，但六先生就是不听。

两兄弟原本是什么事都有商有量的，最终却变成六先生让三先生别再过问。再加上三先生的大儿子邵维锦本来是被派来片场接班的，也被方小姐逼走了，兄弟俩的分歧不断扩大。

我一向是个守时的人。通常，中午一点到两点的吃饭时间，我会在餐厅里随便吃些，如果被朱旭华先生叫到他家里吃，也大多扒了三两口就放下饭碗，争取休息个十分钟，再赶回办公室，多年来都是如此。我这样做是因为每天下午两点有一个制片会议，起初参加的人是以主任陈翼青为主，再加上木工组、泥工组、漆工组、铁工组、布景师、道具和服装主任等十数个组的主管，一起开会讨论各个厂棚搭布景的进度和拍摄的日期。后来，会议室内加入了采购组和方小姐，情境有了大转变。

两点到了，大家都坐在那里等。等什么？等方小姐呀！她明明知道要开会，但是每天都一定要大家都等她。她自己开私人会议，我们就要等，等上一小时算客气，有时一等就两个小时。这么多的主管，人工费用加起来也不算少。时间就那么白白地浪费了，对于我这种最守时的人来说，这是一种很不愉快的体验。

有一段时期，片场的人都说我的工作被架空了，只能天天在办公室中练毛笔字。这个说法并不准确，我是真的在学习书法。我一向对篆刻很感兴趣，由世伯刘作筹先生介绍，拜冯康侯老师学习。冯老师说，要学篆刻一定要由书法开始，不可以一下跳到刻图章那一步。我乖乖地练字，练个不停，但都是在放工后的私人时间练字，不像别人说的已被"炖冬菇"。

"炖冬菇"是"工作被架空"的意思。是的，一切事务不管大小，方小姐都要插手，我在制片方面的工作当然是越来越少了。但我还是每天一早起床接听六先生的电话，陪他去看电影，看导演提交的毛片，剪接过长的电影等，工作还是繁忙的。

东家不如意打西家，我当然也想过辞职不干了，于是我向家父提起自己的打算，家父又把这件事告诉了三先生。三先生叫我一定得忍，没有他的许可不准离开。我几次想要走，都想起了三先生这番话。

我欠三先生的实在太多。新加坡有强制的兵役制度，我虽人在海外，但也接到了征兵的来信，心想这下子完了。我绝对是一个不会乖乖服从命令的人，竟然叫我去当兵！我那刻想到《乱世忠魂》（*From Here to Eternity*）（1953）这部电影中，列兵安吉洛马乔被军官用警棍打死的场面。在担心了好久之后，我接到新加坡军方的通知，说我已免除兵役，于是大大地松了一口气。我怎么会那么幸运？家父来信告诉我，是三先生动用了他的关系把我给拉了出来。当年，三先

生已担任了新加坡旅游局的局长，帮我做了疏通。可是，这不是没有代价的，不久就有人检举他私下滥用职权。这时，三先生大方地把他的小儿子邵维锋送去当兵。他说，如果要滥用职权的话，怎么不将自己的儿子的兵役免了？此事这才告一段落。

所以，我一想到辞职，就想到三先生对我的这段恩情，便坚持留了下来，就算我再看不惯方小姐的横行霸道。

我在宿舍生活时，家父和家母也时常从新加坡来香港小住几星期，两人都喜欢我妻子张琼文烧的一手好菜。在最后来香港的那次，父亲告诉了我一个秘密：三先生叫他陪着一同去了东京，下机后直接来到银行，打开了那个由邵氏两兄弟共同保管的保险箱后，发现里面空空如也，所有值钱的地契、股票及金币，都被六先生拿走了。

我听到这件事后能做些什么？三先生对我有救命之恩，六先生这些年来对我的培养和教导，也是我不能忘记的。

事后，我向六先生请假，回了一趟新加坡。在新加坡见到三先生时，素来温文尔雅的他，气得整张脸都涨红了。他说："如果我身上还有一把手枪，一定一枪把他打死！"

在家族成员遭遇过几次绑架事件后，当地的警方给三先生配了手枪以防身，后来天下太平了，防身用的手枪才被警方收回。

我不禁想起新加坡罗敏申路的邵氏老办公室里，楼梯旁他们兄弟合抱的那张黑白照片。不承想，如今兄弟二人的关系竟会走到这种地步，令人唏嘘。

我跟三先生说，我对现在的一切都无能为力，在片场的工作也不如意，不知可否辞职？

三先生听了黯然，点点头。

有一次家父来香港，六先生特意把他叫到办公室里，跟家父说要做一件惊天动地的事。什么惊天动地的事？他说，他要把钱一亿一亿地捐给中国内地，帮着建学校和图书馆。六先生一向精明，连捐钱也精明。他捐钱有个条件，当地相关机构也必须拿出相同数目的款项，这么一来，一亿变两亿。

其实，六先生如何处理那些钱也不必向家父交代些什么，但是说出来，也许他心里会好过一点儿，我想。

三先生中风的消息传来，他在医院里躺了好几年，人不能动，头发却不停地生长。临终前，六先生去看了他一次，至于两人之间有没有说些什么，三先生听不听得到，这是他们兄弟之间的事了。

最 后

六先生由新加坡返港后，我跟他提出要离去的事。

他笑笑，摇摇头，说，别走好不好？你若走了，一大早谁和我聊天？

他看我没什么反应，知道我去意已决，就提出："不如这样吧，我给你一亿，你拿去在外面当独立制片人，拍好的片子交给我发行。"

当年的一亿港元，算是一笔不小的资金了。我听了之后也学着他笑了笑："这笔制作费，我怎么用，你不过问吗？"

六先生点头："不过问。"

我说："方小姐也不过问？她肯吗？"

这次轮到他笑了。

"那么一来，只会逼着您和她争吵，增加了您的烦恼。我不忍心，还是让我走吧。"我黯然地说。

"你知不知道你这么做，算是你自己辞职，我不必依照《劳工法》发辞退金给你的？"他说。

"这一点我倒没有想过。辞职是我自己的决定，您不必替我担心。"我说。

我们就那么和平地解决了所有问题。之后，我收到了六先生的支票，比《劳工法》规定的金额还要多。

这真的是我想都没有想到的。

我们一直保持着良好的关系。他说我若想找他聊天时，随便去好了，也不必经过什么人。我知道他说的是方小姐，大家都心照不宣。

之后，六先生也曾邀请我陪他回内地，所到之处，有很多人来向他表示钦佩和敬意。

六先生所做的慈善事业无数，在香港到处都可以看到"逸夫楼"。在内地，有官方记录的来自他的捐款有七十四亿五千万港元，建设项目有六千零十三个。

但六先生的私人财产远超过此数。他告诉我，在他死去之前他要全部捐出。估计，他一共有二百亿的身家。到了晚年，他身体已虚弱，很多事都处理不了了。

我离开邵氏后，旅行了一阵子。人也不能一直无所事事，就在独立制片公司拍了几部片，但越来越发现电影业是一个团体合作的行业，除了大亨，绝对不会是某某人的作品。我也越来越知道我喜欢的是看电影，而不是制作电影。我要的是百分之百的个人创作，所以就慢慢转向写作了。一张稿纸要不了几个钱，我想写什么就写什么，完全不受别人的影响，这才是我一直向往的。写专栏的日子渐多，曾经有一个时期，我在颇具声誉的《明报》和香港销量最高的《东方日报》同时写专栏，更向数不清的周刊杂志投过稿，在这方面发展得如鱼得水。

一天，嘉禾的何冠昌先生来找我，邀我进他的公司做事。他知道我喜欢旅行，并能用多种语言与人沟通，嘉禾和日本的电影公司的合作多，需要我这种人。我们一拍即合。

刚好，那时是香港电影"最黑暗的时代"，各地的恶势力见电影可以到处发行，版权可以经销到世界各国，一些歹徒便来抢生意。更有甚者，向成龙伸出了魔掌。邹文怀先生把我叫到他的办公室里，说："你即刻带成龙走。"

"去哪里？"我问。

"能去哪里，就去哪里。有多远，走多远！"

"什么时候？"

"今晚。"

我一听，这话正中下怀。这世界，我最喜欢的都市是西班牙的巴塞罗那，那里有毕加索、米罗、达利，还有我最崇拜的建筑家高迪的作品。当然，那里还有数不尽的美食。

我们在那里又写剧本又拍摄，住了整整一年。我也享尽了这一年的美好时光。接着，我们又去了前南

斯拉夫和日本等地方。余暇中，我记下了我所有的经历，也为我自己今后的旅游事业打下了基础。我看准了高级旅行团的生意，认为这里是有很大商机的。

六先生偶尔也来电话，打听一下外面的制片情况。聪明的他已从电影转到电视方面去了，但还是每天看电影，一直问我有什么值得看的片子。

有时，六先生会叫我带一两位女明星和他一起吃顿饭。记得有次临时决定去半岛酒店吃牛排，我说我来不及回家换西装了，身上穿的是一套长衫，他说："不要紧，你来好了。"等我到了门口，侍应生见我没穿西装打领带，面有难色，六先生大发脾气："那是中国的礼服，你们不让穿中国礼服的人进去？"经理连忙走出来道歉，大声说"欢迎，欢迎"。

再后来，方小姐以六先生的健康为理由，逐渐不让六先生见任何人。我看过一些友人和传记中的人物的经历，那些从情妇辛辛苦苦爬上位的女人，到了最后总要把男人据为己有。

最后一次，在一个星期天，我心血来潮想去见六先生。片场中没有人，我从办公室的门缝中望进去，那么一间巨大的办公室，里面的情景像银幕上的一个远景镜头。六先生从家里抱来了一只猫，将猫放在桌上，和猫对话。我忽然感到一阵悲哀，打消了走进去的念头。

我从此再也没有见到六先生。